新娘子

以耳朵夢見，妳給我的。
雨在櫻花樹上唱歌，
葡萄酒在杯中跳舞，明透。

終始之末，
我的歌交由妳來合唱一起。
我們都需要著什麼來問號？
愛與被愛祈禱成平原，

序

以耳朵夢見，妳給我的。
雨在櫻花樹上唱歌，
葡萄酒在杯中跳舞，明透。

終始之末，
我的歌交由妳來合唱一起。
我們都需要著什麼來問號？
愛與被愛祈禱成平原，

像太陽沒有十字路口，
像太陽對語世界所有的每一刻，
每一刻，手上的樂器，音符。
讓祂們彼此經過！

這裡。那裡。
回憶。願望。

讓祂們彼此經過！

　　我喜歡讀別人的詩，也喜歡寫自己的詩。寫下自己
的詩時：藉著筆和文字的工作中，逼近，找到自己迷失
的地點，這是我不斷寫詩的過程。像詩作：＜離開家鄉
的泥土＞

　　　　我走入東部，因為
　　　　　害怕平靜

　　其實我的內心一直不能平靜地，過完一天的生活。
思緒紛飛得像一隻花蝴蝶，不是故意的，就已掉落多重
樣貌的花海裡，因為那裡有眾多迷人的花絮，色彩的組
合令我不能自己。像詩作：＜尊嚴＞裡想望的一樣，

　　　　　從平靜中來
　　　　　從平靜中去
　　　　　　了無憾事

　　其實我的人生諸多纏縛，讓我更企求回家的渴望。
寫詩的過程，讓我更喜愛靜默的生活，聆聽自己心底的

迴音。在現實世界中，有些是落印在深層意識的思想、景象，像水與岩石的對話。不論是沉默的、發為聲音的。身為創作者，我選擇了自己的語言、符號、意象、比喻來傳達我從生活中的迷失與反觀的一些心得。看看這一些日子的詩篇，我和他們同為創作者，都是與自我對話的開始，我自己也成為一位讀者，看著作品時，有如自然的歌者一般，從作品中脫下外衣，找到自己的果核，領受祂靜默的行旅。這些作品如能回到自己的內心底處時，這都該屬於天、地之間的諸多慈愛與眷顧。

我常迷失自己
所以作品產生了

希望這詩集能像詩作：＜共處一室＞的尾聲，

在懺悔中睡去
在懺悔中醒來

2007年白佛言作序於台東茶語工房

新娘子

新娘子

目次

新娘子

新娘子

新
娘
子

新娘子

新娘子

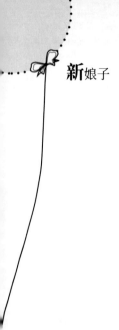

新娘子

照面

眾多思想揚手闊步

呀！自己和自己說話

誰　看　著

翻譯給我傾聽吧！自己

赤裸潔淨的身體

流下了淚流浮現著字義

字義溫和的背脊、髮絲

永遠都不知道拭去汗珠的說話權

肌膚上滑動的指尖像依止玩笑

盯著妳喝下早晨熱過鮮奶的神采底

首要的、說的話是默然驚覺

欣喜愛上預約今夜給我一個溫度

是習慣讓我愛上愛人？

我愛的究竟為何？一個問號

是愛自己的相擁嗎？

懷在胸坎的那個記憶與合眠的年紀

藍天、白雲、星光、散步在手心上的溫度

我不是路過，而是愛過

把我的夢翻譯給我傾聽吧！自己

光的祝福

沙的盡頭
河岸出口
普遍著水銀之鏡

河流黃昏之前的金沙
塵光塵光
金色透明的光芒
台東三月中間
下午五點半的天空
如哈達的春風輕柔的
光祝福著
河岸出口
沙的盡頭春風的柔

新娘子

這個年紀我懂

一對野鴨穿過三月的黃昏

敘說一首首的歌曲

由心中流向河口、流向海洋

黃昏如此美妙

三月如此淡雅

水的波紋由風吹拂著

兩位小女孩像小步舞曲地想像這黃昏

這黃昏散步著小提琴弦音

這黃昏散步所有人群的心中之歌

葉落了夕陽

這未知的對象漸漸示現為一顆樹綠

通過這存在的瞳孔可是映襯著綠光

走到哪裡都是一樣的遊走書寫

光線只對自己說

我在這裡頭的春夏秋冬都會著私人性的意義

淚之中之深的瞳影是誰

朝陽滿地的愛情像遙遠的遙遠

陽光滿樹的撫摸像沒有文字的沒有對象

永恆　葉落了夕陽

無邊的問句從開始發問開始

日子在哪裡都是沒有開始沒有結束的對談

這　夕陽看著葉落了夕陽

臨終的語言

我愛你們

像我愛著詩

一樣陶醉

給我牽手

愛一個人要勇敢

如妳這樣

勇敢地去愛

這是我找到其中一個

愛妳的情愫

我尊敬地在這裡默禱：

愛妳的如妳這樣

形象之中的

思想靜默之中的形象
對於習慣的深刻認識
內在對話中的停止
自己和自己對話的歇息
發話者與受話者的無心相處

沒有思想的聽
死亡的聲音與消失的音節
沒有思想的看
死亡的形象與消失的體會
思之軀殼之死的靜謐
呼吸思想的花瓣像個秋涼
落地之狀、落地之狀

新娘子

新娘子

思想的蟒蛇從口中蛇行而出

緩慢地！緩慢地！

沒有聽我，我也沒了聽之覺

靜寂之臨終的走動

沒有看我，我也沒了內在之眼

寂寞之林中的筵席

消失了一地的尋思索求的如花瓣

隱藏在視線未及之處的平安

朝露、夜露，陽光、黑夜之書

從記得到達忘記的形象

我的孩子在家鄉的一方

如果天冷
妳們會來嗎？
來到三月杜鵑的雪白

如果天雨
妳們會來嗎？
來到朵朵三月的凋落

雨在簷前細細地
小提琴的弦音一般
像一個個數不清的笑起來的眼珠子
追索回憶，回憶追索
浮萍在陽光中的綠色時節
微微的風在探望
探望伸展著孩子在夜幕低垂床緣的眼神

如果眼淚會說話
那應該是雨
是雨的歌聲在杜鵑花叢裡的家鄉

新娘子

025

天空中的眼睛

我留起長髮為著想妳

我束起髮辮為了伴隨

妳　左右

我的　孩

曾在我懷裡盪呀！

我　的孩

曾在我抱的掌紋

笑　呀！

我放妳倆輕輕

輕輕在我心底

在心底

在心上頭

慢慢地想　在這漫漫長夜

慢慢地看　在遙遠的地方

期盼我有　天空中的眼睛

三月呀　　慢慢地走的雨下了

期盼我有　天空中的眼睛

四月呀　　風兒柔柔如妳說的話呀

相思直道秋風飄飄葉落下

相思直到深深的紅淡淡的香

是我的歌兒來唱　楓葉滿林

是我的歌兒來唱　冬思愈深

我摘集什麼收藏為妳　一束長髮

微風微起了歌　　　　一束長髮

微風微起了歌　　　　天空中的眼睛

漾呀！　笑呀！

在我笑開的皺紋裡看見妳們

天空的眼睛

東方的眼睛

我又見到那眼睛掛在天空

沒有人知道，這海的窗口對我的意義遙遠

像妳看著我的神采中

有妳的倒影，如我的一切

我的一切妳都可以翻閱

我看見的時間

在每一天的每一時刻浮游

我看得見的時間

我又見到那星光般的環

穿在耳際說話

從我懷抱妳的雙耳之唇

是指間、是滑落

是散步在妳月光般肌膚的清晨

閒情的黃金海岸的白色位置

我又在那兒望向一片黑等待

等待如黑色的海幕翻了萬千

我沉醉在那一個夜裡的核心深處

閱讀妳的每一點憂鬱與笑容

等待妳回來伴我

找尋那花落般的耳環

愛的掉落

如葉落在風中的舞

如葉落在風中的紅

讓我倆依偎，靠得好近的暖

當滿天的星斗褪了光彩

我正想著妳睡夢中的環，如此時此刻

見到唯一的一顆星光掛入東方的金黃

我面對著海的呼吸對這躺我懷中的天使

輕輕悄聲：「早安！吾愛！」

新娘子

我不會冷，因為星光讓我記得妳

清晨的聲音與曙光，我知道

我在等這一刻

所以我涉過夜黑找妳、看妳

聽妳，亮亮的琴聲從眼眸幻成著星光閃爍

我知道妳淚裡有微笑的甜在耳畔

漣漪如妳交在我的掌心抿嘴而笑

捧著的海，摟著蘭花般的天空

如果妳還記得這裡

我就在藍色的晨光初露的海

以唇輕輕拈妳的眼

喚妳醒來晨間，握住妳的手

如果妳還深深記得這夜晚之末

我就在粉紅色的微晨欲初的天空裡

吻妳輕輕笑起來的唇走下來

我又見到那東方的眼睛不再有淚

如我的臉交在妳掌心把晤

閱讀浪花如妳心上的琴鍵，如妳的笑聲

閱讀潮音如妳心底的音符、如妳的笑容

以心的眼睛與妳共舞

與人群扑風舞潤

妳攤開在我面前的森羅萬象都是

完整的潔淨，天使的翅膀之輕

尋著這間隙穿流而過

如水，透明之淡輕

如愛掉了，如葉之落地

如風，在妳的周圍

我的唇語如風

在妳耳邊輕拂晨光散落所有的舞姿

新娘子

其實我的愛，我最愛聽你的話

四月之末，幾十道陽光流下來
直直地流下來，像一種瀑
甜美海洋藍的最末端

十二顆相互湧現的星光
亮亮閃閃地閃爍
無痕跡的天空
深處。唯一串起來的月光
銀光呼吸著蠕動
故事和故事的擁抱。

故事和故事的擁抱。

桌上白磁碟裡藻綠小浮萍的對待關係
入了夜，拂照
光和音樂在這空間
早已在這世界裡，出生
獨自悠游夜深的每一次醒來。

這故事在時間的間隙中

柔柔的。傾聽

月光、晚風和自己。

深夜的大自然在夜深當中說著話：

「其實我的愛，我最愛聽你的話！」

無拘束地，完整如初，如月光揚動著

大地，輕輕地說：

「做妳的自己，完成妳的自己，

鋼琴鳴奏的音符如妳，四季的床。」

季節有妳我的歡樂

季節有妳我的笑聲

這穿起來的翅膀

像閃動銀光耳環闊步空間

微盪著鮮活的琴鍵永遠。

新娘子

新娘子

有一天，我們都會離開，
能留下的難道不是
故事和故事的輕輕擁吻嗎？

這個夜，划行著划行的舞，
看出個什麼來著？
回憶看著記憶，點點滴滴
點滴入心底頭

散步長長的路途觸摸
每一片角落，盯著
心掉落的地方，看呀！

很少有人懂得
這禮物般的價值，

屋頂上偷溜下來的陽光。
很少有人懂得

這禮物般的哲學，

出生。

很少有人懂得

這禮物般的意義，

雪白漣漪的笑聲

如落海的滿月

翩翩飛舞著銀光

穿起來夜天使低吟的翅膀

撥彈音符之夜的四季之床。

新娘子

這一段路由我來輕悄記憶

面對面的鄉野，

也有自己的時間，

剛剛坐在一起的

像我們一樣：

按照自己的樂譜彈奏。

像妳說著的話：

「亮開衣服的時候，

妳習慣讓它們向前看齊，

像一種順序。」

秩序，花朵是這樣描述抽象感覺的，

花瓣是這般幽靜的語言吐露眼睛的。

我知道我只有一個妳會來接我，

讓我伴妳車上的眠與休息。

我們都喜歡，這一段路由我來繁衍記憶。

我們都喜歡，這一段路從我的手指輕悄地走。

走在妳睡眠中的手背，瞥妳淺淺的眠

眠過山巒悄悄地黃昏，

眠過黃昏淺淺著的色彩濛濛。

眠過，在妳懷裡，我睡得很好。

沒有夢，安祥。

是我把塵世間的現象趣味，

在這記憶的圈圈外圍吧？

還是記憶像橋連接起岸涯的草地？

走過這裡，像燉一杯咖啡泡沫裡的彩虹橋，

從片段到完整，從過去到現在，

從這邊到達那邊，從現在連接明天的草原，

草原上有風、有人、有遠方。

我們都從遠方而來的，

新娘子

新娘子

遠方的個人圖騰，臥在這故事
以輕輕的雙手捂攏著，
虹虹的彩，成橋。由思念來造。
花朵是這樣的夢，花瓣是這般的眠。
走過這裡，在妳懷裡眠過，沒有夢。

新娘子！早呀！

童年的樂趣：風箏擁抱著風，鼓動
所有咕碌碌的眼珠子，擁抱著妳。

這是因為愛看自己的手
握住眼睛的方向嗎？
還是愛看自由在天空中的無拘無束，
而忘卻了，手上的這一頭乘風歸去？
有一次，想必如妳的那麼一次，
絲線飄得太遠了，遠到接近海角，
遠到接近天涯，邊陲的，
斷了線呀！斷了線的訝然！

驀然間，失去個依靠的握。
待眼睛看向遠方，
看向更遠的遠方，
思念緊緊地隨捨不得的，風飄流。

新娘子

新娘子

當我完全放開了手指頭上的低頭思念，

風兒卻也隨著清然地隨風飄流。

就在目前，

就在眼底的我，

看見了水藍藍的海，

水藍藍的天空，

水藍藍的微風，

水藍藍的妳的天空。

從此，我便記得妳完全的樣子：

笑容深處的新娘子，

如眠、如笑，

如這一條手巾在我唇上的時間。

我們把雙手環著彼此，環著故事，

活像新娘子耳垂下的一對花耳環，

金黃色的夢。我默許過：

「活著一天，就愛妳一天。

疼妳的所有願意一天。」

張開眼的同時，我知道
新娘子等我對她說：
「新娘子！早呀！」
妳的笑聲就滾了幾圈，
溜噠這日子了。

妳玩過孩提秋風的天空？
風箏吧？記憶如此，扯動
一條思念的遊線，
總以為尋著
這幾乎看不見的針線，
逗著風兒耍玩童年之真。

我的愛！我們雙手環著彼此，
環著故事，新娘子金黃色的夢。

新娘子

讓我近近地看妳，懷在我懷中

有那麼一天，我會伴妳上早集買菜，
像個母親提個菜籃子，
把愛意放在籃裡輕晃腳步，
像妳今晨來到的神采，
喜孜孜地懷在我懷中，一丁點兒的時間，
站在我的桌緣，讓我瞧妳，
瞧妳鵝黃色的短洋裝上，
瞧妳開滿的小花朵如妳的彩光泛游。

讓我近近地看妳，
如個晨間散開的光芒處處。
讓我近近地看妳，
妳的笑容一般如個小花園，
讓我近近地看妳，
紫色玫瑰羞答答的旋轉的笑，
春末海之庭院。

妳撥動的心弦，

讓我有一個家的夢想。

我又豈可敲碎這妳心細呵護的家呢？

讓我活在想像吧！

我是詩人，

如跳舞般的夢遊者。

讓妳活在圓夢吧！

妳是大自然的琴音的手指，

如散步著的散文走著，

每一步都是帶著自己的影子

前行，踏實的感覺。

我帶著一條藍色手帕，

裡頭有一處滿開小花的花園，

是妳衣服上的曾經色彩，

新娘子

新娘子

我見過妳在夜晚的天空下，
摺疊這細心微微的如是，

熟悉的鄉村印象。
如妳交迭我的回憶，
如我現在掌裡的手巾，
有妳的摺痕微漾。

讓我近近地看妳，懷在我懷中。

這陶泥，深了季節的微風

原原本本的更豐富了，
如夜晚海上的銀河滿天，
亮亮閃閃的心靈。

原原本本遮蔽的
人的姿態萬千。

這世界沒了一絲一毫的害怕接觸，
像妳。如大自然對我說：
「妳已經放心在我懷中入夢。」
我依然如個四季川流。

這一切為妳，
這一次為我，
我的另一個意義，
稱此為莊嚴的愛情。
每一顆掉落的種子，難道不是，

新娘子

為著生生而來嗎？
每一片掉落的花瓣，難道不是，
為著完成自我而來嗎？
這泥，深了季節的微風一般淡呀！

沒有人想像卸下來的種子如是，
這輕，如風，如嫩綠。
沒有人實踐落下來的如是
群風與綠色的舞
與微微的花朵花開的聲音。
沒有人行動剎那失去的是愛意，
是珍惜乳動海潮心靈的珍惜，
另一種入微如風微微的體，
另一種入微如風微微的貼，
如妳、如我，
如不經意敲響著的白瓷清脆。

妳知道白泥在練火中的歡樂吧？

妳知道白泥與火共舞的吻與喚醒的眼吧？

更淡更遠的垂落，

讓我們成了深深印象中的象徵，

像我每天伴著的影子一起，

行走活著的一天，如愛。

如微微花朵花開的聲音。

新
娘
子

想念是一個故事

有一天我會醒來希望，
希望第一眼見到是妳，
是妳在我身旁，懷抱清晨。

我把臉龐交妳掌心輕吻，
妳把音符交我腳步輕唱，
輕輕地吻，輕輕地唱。

有一天我會醒來希望，
希望第一眼見到是妳，
是妳在我身旁，懷抱清晨。

妳把呼吸交我胸坎吐露，
我把呵護懷妳臂彎研究，
輕輕地吐露，輕輕地胸懷。

有一天妳會醒來，
看見我不在了，

我已散步在清晨。

有一天妳會醒來，

看見我不在了，

我已為妳摘取晨露。

為妳摘取晨露落在花瓣上的想念

為妳摘取晨露落在花瓣上的想念

有一天我們醒來希望，

醒來一起晨霧臉龐，

醒來一起晨露音符，

想念一個故事，是你。

在我身旁的每一朵故事。

想念一個故事，是妳。

在我身旁的每一朵故事。

新娘子

049

掌吻

這時候有滿天星斗

照在我的心湖

我把妳守候成一個夜晚

這時候有上弦月

掛在妳的心坎

我把妳守候成一片星空

愛看星光閃藍的夜空

是愛看著妳

我把妳守候成日日夜夜

交會的路途

我把妳守候成握著妳

纖細的掌心，是愛看著妳

在夜空笑起來的星藍

我把妳守候成我的愛

我把妳守候成我的清晨

愛看清晨藍藍的微藍

是愛看著妳

纖纖細細的

掌心吻合的暖

新娘子

我的愛，時間會老

我的愛，時間會老

流水從高山上流過

時間在其中之透明

像一隻楓葉鼠在泥中的墳碑

墳碑為記憶留存了時間的死亡

我的愛，時間會老

像我近近地看妳的時間

我忽略了時間走過

我只是映影著

妳的手指在我背上的微笑

可就是留下歡笑曾經

否則怎來淚水之飄然

那是季節

不一樣的季節

那是只有月光人靜記得起來的

如夢如此之毫無頭緒

我就安放在妳的角落

任妳的琴鍵篩落這祕密式的信箋

我的愛，時間會老

我倆不再如昆蟲的保護色

我的愛，時間會老

我倆不再如意義花落

我知道妳陪伴在我的時間裡寒喧家常

我知道妳錯愛在我的時間裡說長話短

那是季節

不一樣的季節

妳看著我眼神的影子中

已彈奏沒有時間的心扉

新娘子

我的愛，時間會老
像我近近地看妳的

那是季節
不一樣的季節

昨夜，妳的笑如雪在月光中

新娘子

我知道，妳要吻我醒來

清晨甜甜的笑活在晨間

如個被寵愛的孩子

心中的甜擴散了海的聲音

如個吸吮母愛的乳娃

心中的蜜渲染朝霞的臉紅

昨夜，妳的笑如雪在月光中

夜，不需要有很多理由

昨夜，妳的笑如初夏在清晨微微之中

夜，不需要有很多理由

如有些歌看見明天

唇與唇淺淺地接觸如今

新娘子，我的愛

約在不需要給個理由的晴空裡

鑰匙就已交在妳手上握著

新娘子

新娘子

握成一朵朵溫暖窩藏

妳所有熠熠著的夜晚

妳說：為什麼要這樣

支頤床緣深深看我？

妳是新娘子

妳是月光行走我的星空

妳是我的愛

無話，無話

像夢，在涼風裡幻變

愛看著妳

淺淺羞羞地映照著對我的笑

妳知道，我要吻妳醒來

破曉時分的清晨走下來

輕輕離開妳懷中的手臂

像撥弄月與夜交會琴上的弦

這人生不再獨白流浪的雲

夢微醒，我的愛

妳的笑如雪在月光中

歲月與陽光

來到妳的日子月光正在下落
來到妳的沉默話別
歲月正打破著陽光微言

離開都是一種比愛更深的諾言？
有一天妳會懂
或許妳現在就懂
是歲月讓我們讀懂
月光碎破在海上
低語的玻璃

我好愛閱讀妳眼神深邃底的
那一點星藍如夢幻求索星空
我想都沒想過
我的幸福是妳的眸光泛開的含義
我好愛捧起妳的臉吻妳、看妳
每一個夜露之深
我如一滴露水，恰是落在

妳的荷瓣上滑舞

有一天，妳離開我的剎那

我都會深信有一個比情愛更重要的事

妳會走向它，完成心願

那放開我的手也會是我的摯愛伴妳

來過這一輩子

希望每次趴在桌緣的臉孔

有妳的影子浮印

希望每次趴在桌緣的夢裡

有妳要我牽著妳的手散步

在這一條路上

我在半閉的眼縫還憶著那一雙手

在夜裡落在我背上的指尖雨

點點奏彈

我在半閉的眸光還依稀瞥見

歲月與月光的我的雙雙掌心

新娘子

新娘子

命運之紋已交由妳來豐富這接觸
如透過夜露映出的銀光彈奏妳的肌膚

妳的孩子笑起來多麼朗真呀！
我想見到妳的樣子會是如何可愛？
月光傾卸在歲月上的，如迴
守著一個什麼的夢來的？

雲雀的禱歌

在深深的夜，我有一個深祕的會約
像隻雲雀在沙上踱步的步履
牠對飄零的一如沒有印象

在靜靜的夜，我有一個月光的高遠
承諾會慢慢地變成信仰
而象徵在半空中翻開的羽翼
顯而易見的是只能聽到那祈禱的鳴囀
在沙洲、在翡翠藍的天際穿行無阻

潺潺流水著的夜，我有一處夜語的海潮與泡沫
如果把這像月光低迴不盡的讚賞者
陳列並置在平疇的沙之綠洲與空間
流過微微淚滴的為聲音
微拂晚風的一個謎便是回憶

輕輕落著的音符，我有個聆聽大提琴的名字
回憶大約的意思落在午後的河面淡淡單獨成習慣
我把信仰摺疊成聲聲雲雀的自白與自由

我只有在妳的懷裡

才能知道藍色的海洋

我只有在妳的懷裡

才能知道剖白的月光

今夜，妳會等我嗎？月光

當雲雀的禱歌沉靜在夜之宿醉

今夜，告訴我，妳會等我嗎？月光？

夜深與人靜；月光與深夜

告訴我！這罪與罰的微微間隙

有妳穿透而來的時間

有妳如微風的微笑流過來

梳粧台

清晨，起床微亮的梳粧台前

沒有眼淚的一面鏡子

鏡子裡有個人瞧我

點粧晨間的粉墨

這微微點粧的汁液我當是你

你微微的指間滑向我昨夜的臉龐

雖然你靜靜趴伏床緣靜靜看我

雖然我偷偷望你，偷偷從鏡裡看你

我這新娘子的藍色眼睫毛

為著懷你永遠抱入我的眼海裡初旅

起起伏伏如一傳說中的船歌

我挑個水藍色橡皮圈

圈圈訴說你的長髮

圈圈水藍如我圈圈的我的愛

新娘子

新娘子

為著跟著你永遠走在微風中

是我，是我睫毛跳動的音符想你

如是想你夏天已歌唱著的蟬聲

如是想你夏天已歌唱著的微風

微微地笑容在我藍色眼睫毛的曲子裡

想念夏天的季節

想念夏天的季節
我在這一條街上想妳
刺桐花滿樹的花紅
滿樹的想念

我在這一條想像的街上想你
想像滿樹的花紅，滿樹的夏蔭

現在是六月，我已在想像七月

我一天一天地，走入這一條街想
想這一排七月花紅著的樹海
想這一排七月紅紅的思念滿了夏艷

我一天一天地，散步這一條街影
想妳會來偶遇這一花祭
這樹在陽光中篩落的想念

新娘子

新娘子

夏天的故事想妳會來
一棵連接一棵，街成花海之街
夏天的敘述等妳回來
一株接連一株，連成印象穿遊
從一朵樹花躍跳一朵樹紅
等妳回來夏天的敘述

最後一堂情絲

我把妳的喜怒哀樂所有
折疊在書頁中的落葉
每一片葉子都是妳我拾成的一起
我讓它們爬滿我的思念如初戀
我讓它們爬滿我的回憶
如書堆中的文字說著妳的影子

有時候我在想
為何我在朋友眼前
談起對妳的諾言？
是因為我開始害怕沒有妳的日子？
沒有妳的日子？
我將不曉得如何過完這一天
沒有妳的日子？
我將不曉得玩過這一天有這麼地難

有時候我在想
為何我在朋友眼前

新
娘
子

新娘子

想起對著妳的笑容如此快樂
是因為我開始害怕只有在妳的日子
我才能開懷暢飲人生之舞

有時候我在想
為何我開始害怕？
我是妳，而不是陽光把人拉開的影子

告訴我，什麼時候我不再有眼淚？
只有笑妳的傻！

告訴我，什麼時候我不再有眼淚？
只有笑容的讀妳
拾成一起的傻如妳我
拾成一起的傻如葉落

我把妳想成夜晚

這是一個下著雨的夜晚

星空不再有話說

能在沉默之中靜靜地看著妳

妳和我的回憶

像這雨輕輕敲響的海

妳和我的回憶

像這雨花下落海上的眾吻

這是一個下著雨的清晨

我的眼睛裡不再有話語

能在單獨之中細細地想著妳

我和妳面對面的彩光

像這雨飄飄絮飛的風之回憶

這是一個下著相思夏天的風

我的明天不再前進

新娘子

　　能在咖啡的香醇之中想妳

　　淡淡地釀就一杯冰咖啡

　　冰釋像這天空微褪了的雨的腮紅

　　我便知道我把妳沉默得深了

　　深得我把妳想成夜晚

天空為何下雨澆淋了心情

詩人單獨地走在人群中的人群

葉落飄下的曲曲款款

化做春泥

化做一縷縷如煙

化做一季花朵蝶蝶舞

單獨序言妳不能明白的妳的無奈

一個人，一個人

雨夜裡的蛙鳴還是靜靜地淋著雨

妳不能明白雨寂裡的蛙鳴

本來就是一次次的不明白

天空為何下雨澆淋了心情

像雨夜中的詩人單獨地走走

不明白的敘說淋著身上的敘說

新
娘
子

我知道，這是六月的不明白

我就是一副不明白

雨在下起的明天

會有一顆不明白的種子

從泥中去，如友情

朋友，我是流動的夜雨

朋友，我是流動竹林的綠色的風

雨中如果有一點溫暖如冰涼

滴答的時間垂直成晨的三點鐘

我知道這是六月的蟬聲抓住陽光

僅是叫了一聲夏天

我知道這是六月的鳳凰花開

雪紅的鋼琴曲子，音符便是友情的全部

如這雨的滴答流出磨碎的浪花

我喚著海鷗的叫聲

僅是叫了一聲

種子放入雨滴之中的聲音

這風格像一對翅膀

在海風當中似曾相識的順序

我知道，這是六月的不明白

散步著黃金海岸

這一片天空
風，葬了一位詩人

這一片海藍
海，藏了一位鋼琴家

從此，這裡出現一顆星藍
東方的眼睛

如果妳細細地聆聽
沙的紋路就是音符的思念

如果幸運的話，那默默地花開

如過幸運的話
我們都會彼此見到實踐者
實踐對愛情的自由堅持
妳給了我
一種別人無法了解的激素
共鳴著的激素

我珍視祂為一種價值的信念
從我的內在意識湧現的語言
我從這裡豐富著愛情安靜的基礎
妳一直在深刻之中體會我的愛
一直這樣：存在妳的心田
默默地花開，靜靜地花園

走入花園的是我牽著妳的
掌紋一起走著的每一段人生
和新娘子一起來過的印象人生

新娘子

在我的歌聲中想見妳的眼神

在我的歌聲中

想見妳的眼神

在我閒散的步伐

想見妳手指間流下的音符

其實有時候可以

什麼都不

想像，陽光就從天窗處窺探虛實

流露下來坦誠的光華自然

自然的因為溫度的關係

微風便間接地在綠色世界中擦身

展現歌喉舞弄被看見的待等

如晚風與星星

等待，一如睡眠等待晨曦破了

剖開存有，等待一如深眠等待再來

會面的一世間

像蛇木上的白色石斛蘭

抓牢一點靠依延伸垂落的葉綠

而眾根在風中

而雪白的花雪在五月

讓我知道想見的

五月的身體雪白

在我的歌聲中想見妳的眼神

藍藍的新娘子，妳是我所有的回憶

妳淡淡的手，細細地摸起我的臉

細細的柔，細細地看我

掉落的過去與珍惜的記憶

妳細細的掌紋，細細地走在我的臉

輕輕地放，輕輕地看我彈奏

捧在掌心的過去與葉落的回憶

妳仔仔細細地，摸索記憶中的我的眼神

總有些不捨得放下

總有些想走，腳兒卻不聽話地

想我現在的臉，妳正看著的當下

妳愈走愈緩的雙手掌心

告訴我這是最末季節的最後一個夜晚

我閱讀妳的眼瞳底，那一抹最深的意義

我已然讀懂，妳慢慢的手如慢慢的腳印

記得我對妳的愛，慢慢地離開

慢慢地離開，直到我在妳的眼裡消失

成一片葉落的消失，妳是我，我所有的回憶

我想回家，我想回家寫詩

我不會告訴妳愛是什麼？

永遠不會告訴妳

永遠不會對著妳的眼說

我把眼淚織成一顆星藍

就在這緩緩陰著雲的夜晚

將這顆東方的眼睛放回原來的天空

妳是我的永遠，我的愛

我心中唯一日子的最愛愛人

新娘子，我的愛

記得我說的這一切不變是我

只有一天的愛，我藍藍的笑容

藍藍的東方的眼睛，星光金黃伴著藍天

新娘子

妳永遠不會從我的心底失去我
如我走在黃金海岸的陰雲裡等待雨季
像五月最末的那一天的微微雨絲，
我掀開妳晚夜之中的水藍

我拿下遮掩我內心的眼睛
妳愛看原來的我，所以我放下
束起長髮辮子想，天空的眼睛
放下通往視覺的眼光，濛濛地
濛濛地想這雨季，這最末的季節
東方的眼睛閃爍著一滴夜將離開的淚水
為我自己流下的藍藍的笑容
看，這雨季最後的一片藍藍的葉落

如和女兒們在餐桌前的數學遊戲
如藍藍的天空，如我愛看藍天
如和妳相聚為我放下的一口晚餐
如藍藍的笑容中的海，如我愛看這海
妳藍藍的手像音符愛把玩我頸上的銀戀

如我，藍藍的笑聲

如妳，藍藍的新娘子，

藍藍的妳是我所有的回憶

雪白翅膀翔遊的天使

我用一份最特殊的愛愛妳

所以我必須和妳走得很特殊的故事

我時時刻刻閱讀妳

閱讀什麼才是妳生命中最關懷的意義

我去支持妳的意義展現

而我親見妳看到自己完全的美好之自由

這是我在愛妳之中的實踐

我知道我要有一顆細心入微的慧心

才能讓自己，讓妳知道

我在經驗著愛情的勇敢

唯獨妳可以翻閱

翻譯我的內心世界

這是我許妳的愛

妳愛妳自己，就做妳的自己

這是自由的感覺在飛翔著被愛的深

妳愛我如我愛妳

沒有任何條件，只有相信最特殊的愛存在

我愛得很切實

而妳我用這樣的愛愛過

妳是我心中的天使

雪白翅膀翔遊的天使

新娘子

是不是我已經不記得的

這六月的晚風徐徐在晚夜低鳴
路的一旁晚蟲在街燈外
起了自己的世界

我自己一個人走
在燈與燈承接的街道
我自己，沒有人能懂
走在漫夜之長
我自己，沒有人能明白地走入自己

是不是我已經不記得世界的榮顏
是不是我已經不記得日子的形狀
如果，如果月亮之光
蠕蠕地潮迴浪翻
星藍，星藍亮眼之夜
星空星光的藍色之海

我還會記得日子的形狀
如晚風徐徐的六月之末

這風格，剛剛受傷的

剛剛受傷的故事怎會是另一個傷口
依據規範的情節怎會保有新鮮
包裝的總是害怕自己的補償與表露
故事總是拼湊語言遊戲的造象材料

這風格，剛剛受傷的
怎會是一個微笑
傷口之前，之前的諾言讓這疤痕
驚嚇未來違背常規的夢

夢是受了傷的甜
夢是諾言在傷口上的蜜
而微笑總是剛剛走過微笑
在樹蔭緩緩的林中
陽光因著風說話

新娘子

日子笑我傻

日子笑我傻

因為我深愛著一個女孩

我笑日子永遠傻

因為它愛上了時間的流動

日子笑我傻

因為我總以為愛上這兩個字

是永恆的開始與結束的空間

結束的在日子中成為永恆的流轉

那結束是曾經深眠海葬的

銀鍊故事的開始

這裡海潮也會如我們一般

在海，以白色浪花滔洗

海藍之水走過沙灘

沒跡痕的，密藏了多少故事

情人的眼淚

日子笑我傻

我總是說：我的愛，妳看

那一群自由的魚兒

那一天換上不一樣的服裝呢？

拾禾無語

這個夜晚星光在家鄉閃爍

我睡在這故事的床上

我的愛，我見妳睡得好甜的微笑

我輕輕離開妳今晨的眠唇

為妳守候這一個特別的日子

這一天有許多個三千日子

編織的家的衣裳

我沒有脫下妳守候的夢在遠方

我的愛，我聞妳眠著悠悠相眠的

心之明透紫色的玫瑰花瓣

我淡淡地離開妳這夜為妳存留

最重要時刻的記憶

妳是新娘子，我在想像妳

這一天的白紗禮服

妳是新娘子，我在想像妳

這一天的白紗禮服

這一天的愛看妳的笑

這一天的愛看妳含情眼裡泛開的漣漪

如舟在心湖微微盪漾溫暖的所有

我只細細撫妳的背來回時間

像我愛我的孩子，見妳睡得如她們的甜熟

我才悄悄暫時離開妳的床想像

藍藍的衣裳亮透了音符的

拾禾之鑽如星光在妳的日子

閃動曾掉落捧起的幸福

我來過妳的日子

是為著告訴妳

妳是新娘子

我悄聲讓妳擁有一個眠著的夢

睡在故事的床上

是為著告訴妳

新娘子

新娘子

妳是我的愛，我流下晨露的淚
我已完全放妳獨奏我的心靈

如果我的日子有歌
那是因為有妳這新娘子的音符
音符如拾禾星鑽在妳的頸間亮了夜空
這個夜晚星光在妳的眼裡，看我的輕輕之手
我睡在妳心裡的銀河，這故事的床

六月二十九日之後的黎明還醒

還戳記著夜晚

雙雙掌上的十指

微啟妳掌心間的每一個

指間印深的透

妳美好的暖如一幽徑

我活著的心窩

被聽見紅葡萄醇紅的聲音的蜿蜒

我在妳身上的筆觸點畫可如暮靄

回應雙唇濕潤中的眠如月光

那麼總是水銀銀的一枚

千古歷史中流轉的一枚不變

如這裡古老的夏日雨季

那麼總是有雨飄濛夏季之舞

如我，那麼總是停不下來

夢妳，夢醒之後想妳

在我胳彎上輕貼微靠的

新娘子

微微的語弄我頸上的銀色戀情

對我說話，對妳說話

重重疊疊的我倆的聲音疊成諾言

總想讓我深得想

帶著妳走

在七月禾熟的原野

帶著妳走

在我指間裏的握

握成一個沉思冥想的夢

帶著妳走

在我正無眠的星空

像我在高山上的晚夜抱深著妳不放

我扣上妳的頸間瞧星光滿天

妳扣上我的頸環看銀河歌唱情歌

我的遠方捨不得闔上眼簾

我老是可以輕易地從細細的睫毛縫隙

推開睡意，讓我多看妳醇紅的醉沉

讓我多想想妳耳垂上的金色玫瑰花瓣

讓我多想想妳耳墜裏的蝴蝶飛舞在風中的花紋

栩栩如生的寧靜中的性格如我的愛

被偷看到的郵戳浮印著

粉紅色朱泥般的唇

浮動點撥空氣中的微笑如一渦白荷

像遠方傳來的郵件想妳在晨曦初透

見著白荷綻放的眼神看我

要我跟著妳手指的方向

看妳的所有夢境裏的心情

看看我好嗎？

妳偶然睡著的喜悅

看看我好嗎？

妳目前睡在我眼前的春天

這不再需要了解的和平琴聲

新娘子

新娘子

我的每年都在黎明中

想見妳，現在就告訴我

我們是不是把盟約的銀戀珍惜

最後一個戀情纍纍結果最深語境的指環

環套上妳指間的音符

看看我好嗎？

栩栩如生的寧靜中的性格

如我的新娘子

這日子盟約之後的黎明還醒

如許妳一個最美好的夢

夢醒之後親見荷香

在妳的魚尾紋裏，遊蕩

微風，從晨曦走過花瓣的

微微唇笑，如妳，如我，

如沒有心窩底的句點所以漣漪

刑期

對
　愛
　　怎
　　　麼
　　　　可
　　　　　以
　　　　　　判　刑

夢是一種心態向我

如果，如果
能好好地睡在妳的懷裡
如輕放頭顱
像放心在我母親的意識當中
我便知道我愛得如一嬰兒
睡了的眠，像世界
因這安靜下來滿足

何況我們都是記憶
不忍心睡去
相視著對方臉上的魚尾紋
正在游動對方的影像

清晨看妳坐在我們的床沿
笑著逗出我的笑聲
把我完全笑入妳的眼裡
我知道這是思念的諾言
在早晨的陽光裡的諾言

我輕輕摸撫妳的臉頰

如鳥之羽毛

直到妳自由地老去

妳總愛來回彈奏我的肌膚

如水之流動

直到我自由地老去

如果妳要離開片刻時光

且輕輕地不說一句靜默

微笑，我會懂得記憶

默默地如是承諾

如妳不說話的右手小指

以表情套入我頸上的戒指環

別讓妳轉頭向我

含情的眼看著我的思索

別讓我盯住腳步

完全看著妳的背影

新娘子

長髮飄逸風中

夢是一種心態向我

夢是一種心態在夜裡展放

如妳不說話的右手小指

看著戒指環深了眼神

如我指著田野的夏季風采

要妳看那紫色藿香薊的紫色迷濛

要妳看那古橋暈開的黃昏合著燕子呢喃

妳總輕貼我的記憶如現在時刻

珍惜點點是妳

為愛服刑身的牢籠
把自己老成影子
正當影子彎曲了一條幽徑
我們終將知道窗口之外的對象
一樣有明度和彩度的幻景

金毛菊

金毛菊的一切是
我的意義由妳的手牽著
像戒指由妳故事

故事隱藏著個人的私祕
那就是我映照出的關係
小小的一朵朵朵黃
金色的台階通向披上白紗的日子

新娘子

 新娘子

自知

讓生命自然地來告訴我
生活到底是怎麼一回事

聆聽

看見沉默者的力量

聽

靜靜地看著祂

笛音會自然旋轉

一朵音樂

如果那是一朵音樂

我要看著祂

在我體內流動的開朗

新
娘
子

瞧

在坦白中
瞧見人群的
懦弱與喜悅滋生

直覺

感覺是一種真相

聽妳說話

輕輕地靠近我

然後聽妳說話

以我的眼睛聽妳說話

簡單的笑聲

時間會淡忘一切嗎？

空間會隨光線移動不停嗎？

妳如音樂般的清澈

簡單地像個笑聲

在我閉上眼的同時

把妳看得更清楚

笑開的音符和琴聲的衣裳

新娘子

回憶

讓我活在回憶裡

月光

像一點點聲音

把回憶勾勒出來

心思

每一片記憶畫面中的心思

會在黑暗中閃爍光芒

這黑夜與白晝的缺口

畫面

停止在回憶的畫面
靜止不動

命運、流沙

命運，天空中的
流沙一般

我懷抱妳
在我背部的命盤
彈奏

新娘子

綠色朵朵

橫跨窗外清晨的曙光
妳會在我孟宗竹林的風中
醒來微笑如風之綠的韻律
舞成綠色朵朵的笑容

約定

一朵陽光
林中的散步
仰望遠方
為著看見祂
穿過群樹的瞬間

稀疏的隱匿如眼神
對著薄紗後的妳
我知道妳會來的
如陽光對待清晨的約定

黃昏的海風飄逸長髮

我的眼神一直凝視天空

究竟我在尋求什麼

我的目光一直瞥向遠方

那個長髮飄逸海風的黃昏

終究我在找尋什麼

是月亮和星星在天空的亮閃

懷起一把四弦琴的天空

如雲絮波動我展開雙手的海風

如思念拉住風箏的那一條

八月的絲線

我衣袖飄揚妳眺望的黃昏之戀

沒人說這雨中的影子不是妳

八月夏雨
地面上的天空如此深遠
低頭望深了這般深景
一棵樹在裡面等待什麼

等待相思
像等待來的風
把枝頭上串串相思雨珠滴落
滴落協奏漣漪的音符
像一種相思的風走出了水紋圈圈

兩棵椰子樹梢的綠葉群舞
在這映裡搖動八月
飄逸靠近彼此的雨末隻影

等待是晴天中的雨的等待
沒人說這水中的影不是風之椰舞
等待一滴落下的漣漪是妳
相思，當所有的人都說它是虛景
我相信存有這八月夏雨中的畫面沉靜

聽與吻

聽妳的聲音聽成習慣

吻妳的眼吻成我的愛

妳的唇輕輕貼上我的唇

淺淺的變成一個童話中的湖

清朗的清晨白鷺鷥鳥飛起雪白

如妳清晨看我的眼

離開的時候

在我離開的時候

有一點乳白笑容向我

記憶的語言

拉住記憶的署名
把這值得表揚的象徵
小心翼翼地像語言的一切根源

別說天空誤入其中被這紙風箏迷住了
我把指間和絲線編織在一起
這本領像事跡收藏

誰能回答：長大了妳們就會明白
踏入這對記憶提問的張望
如我們共同紀念這風箏的名字
曾經有過的會失去原有的意思？

我們在兜售天空中的童顏
童年搖曳的前前後後
把距離遠遠的隱祕遊戲
彷彿故事有著體溫
眼神有著刻度
最後的問候是一個不為人知的角落

我用敲擊聲在那兒缺課

睡夢像一條街

夏末的雨唱出了小曲

睡夢像一條街

迷醉地補償

天空不再藏起心裡的那個夢

一隻壁虎正從上面掉下來

在我身上的如曖昧的界線守口如瓶

蓋上印戳我們會比較清楚日子的角落

有個懵懂的邊沿

像出生施捨給人的那件事

新娘子

誰都不會歡迎醒來

不再具有這樣的時刻

誰能看得清楚

讓我感到陌生的夢與現實

年齡與希望有很長的一段時間

像把衣服改一改

把紐扣以指尖扣上打斷的世紀

誰都不會歡迎醒來還要在白天工作誘惑

一條紅色金魚從魚缸游過

一條紅色金魚從魚缸游過
牠永遠不必躲避睡眠的眼睛如神
牠從未想到要去注意重複的動作

牠不需要委屈夢的兩種自我傷害
夢與夢中的自己

一個夢在我們的眼裡游動

在夜晚我只剩下妳的夢和影子

在夜晚我只有妳的想像和遠方

這眸光笑開的聲音我無法忘懷

這眼神耀動星光的魚尾紋在游動

把星閃都織成妳的思念之後呢

我走在任何一條山路都會見到

銀河夢著的詩

我走在任何一條山路都會聽到

銀河燈海下的妳的琴聲

燈海下的妳的眼眠成了銀河的淺淺笑臉

換成我的思念與妳

我見過最美夜晚的銀河滿天

當妳的雙手環起我的夢沉吟想念之時

我就在妳的夜晚把夢與妳交織輕悄的眼神

柔柔的一個夢在我們交會的掌心底那樣走路

是夜晚，是月兒的話

是我獨自對著妳的微笑閒談

當妳的夢正深深垂聽的時刻

我知道，我知道妳給我一個音節

讓我的腳印默會大地的肌膚有妳的音符

當我面對月光的象徵想像之時

我知道這銀色的露珠是妳的舞蹈

我知道晨光會掀開白日鳥兒薄曦的翅膀

陽光在霧裡再次飛翔之時我會知道

妳把綠色的葉子和淡雅的花朵對我身旁夢迴

而我，妳知道的

我一直有夢

而妳，我知道的

妳張開的雙手像詩

一個夢在我們的眼裡游動

新娘子

為妳穿上新娘衣

如果有一首晚安曲

該如這眠淺淺貼靠的心靈

這之前妳躺下浴袍之眼的音符閱讀

肌膚思想一整夜的交換眼神

新娘子，我在妳的夢裡

禁不住的思念

人為的命運讓我有值得

想妳的一個理由

夢裡最真實的帶著我

等候妳童年的夢，如童話這臉。

一個小女孩坐在公車上

看窗外的每一次景物流轉出歡笑

所以這次由妳來告訴我窗外的世界

而我的手輕輕握著妳的手

來回撫弄秋風讓語言在異鄉靜默

這雪白的衣裳是我

從妳的眼神中為妳穿上的新娘衣

回憶裡雪白的床是我

從妳的天真中為妳舖上的玫瑰花瓣

我在妳的心弦裡撫動我的夢

這雪白的枕、宣紙白雪般的夜燈

我當是妳的夢走在我的氛圍

而我的週遭不再孤獨、寂寥

我已把夢打開我的笑容

盪漾，月光

看那在海上旅行遠方的銀色溫暖

是我與妳故事擁抱故事的新娘衣

在我自身的原因，在我站立的花園

我愛聽妳，燈下哼唱弦律

我愛聆靜在妳的懷裡如露珠在草葉的歡欣

新娘子

陪妳亮閃眼底深處，我會在那裡邊嘩嘩唱和

只有夢的想像如我在月光中漫步幽香

我把每一口鮮湯為妳送上唇邊

讓妳含著我下嚥微笑

如妳帶著我所有的夢走入清晨

真實來過每一條人群走動的秋末之街

我在公車站牌下抱著妳等待時間

秋風會涼，過了秋季之餘

我久違的面龐存在

秋天與秋天會心微笑的時間存在

我抓住了相約空間上的永恆畫面

這雪白自由翔飛的羽翼

如妳眼神中的歌聲對我清唱音符

如我神采中的溫暖掌紋抱妳

而我們的情歌如此時的雙頸鈕扣

雙雙如翼，天使的翅膀

如牽著妳的手走在街上，有夢

如這衣裳為妳披上秋涼

如我愛上玫瑰雪白，更愛從此之後

我把心意私藏在妳的每個日子

最末，我自己是一份不用生活包裝的禮物

由妳的愛典藏，如一杯醇釀的咖啡花香

我靜靜躺著，妳的指間對我已是愛的習慣

牽著妳的手想要知道戀愛的奧秘向上帝禮讚

新娘子

這夜秋末，妳讓我走入從前

這夜，我想把胸口補上
妳的痛、妳的記憶

我的自信讓我自己害怕
那一雙海與天空的手指遠離
我在深夜，害怕一份感情的全部

這一季，天地飄著瀟灑的雨
妳有妳的窗口
如這飄來飄去的雨濛
蒙了天空的星光
讓我知道鹹鹹的味道，我的眼淚
我佇足深秋讓語言著的手推開
我這臉頰望向天邊沒有月光

我的眼中一無所有
脫下這雙潔白天使的白手套
這夜，我走回從前
自己的掌紋驚悸面龐

我的笑容從什麼時候就有

陽光的這一次

流浪捲走我風乾的睡眠

情感的影子我不是缺口

是碎裂的夜風無聲無息

如一影子無謂

想像雨聲中陪你

固定的雨是固定的生活儀式

這夜燈、這晨曦

微微張開眼眸

陽光還沒在森林走動

我的腳步早已在想你了

才剛剛離開妳半步的距離

怎麼我的思念這般真切

這晨微藍的淡雅眼臉未曾粉粧

這場雨季的，會來一場雨

想像雨聲中陪你靜靜

看珠簾沒思沒想的物象下

雙雙掌心情態的餘溫

我需要回憶，用妳的快樂

剛沉睡時，回憶的畫面就叫醒我

叫醒我進入妳記憶的場景

那個居所一樣有夢幻

夢永遠

代名詞不論我是在彼岸或我是在此岸

回憶讓我看出妳

看出妳的樣子

我住在那裡，那裡像家鄉

妳在父親節的夜晚，偷偷地

用妳的心思讓我彷彿與妳共度我倆

我需要回憶

用妳的快樂日後

為我舞蹈

為我歌唱晚安曲

新娘子

新娘子

鋼琴音符為我說

愛被妳抱著看遠方城市的燈火闌珊

在星光閃耀的夜空尋找妳

黑暗是田野腳底下的名字

妳我環繞著銀河

而我吻了妳的淚珠

我相信這不是巧合

我相信這世上有一個故事

在這裡前進自我

當我的愛情都使用完了全部回憶

我睡醒之後還有妳的影子

妳來過的影子抱入我的懷裡

如果十一月的上弦月在說話

讓我聽妳的每一次心情

傾聽字字句句的我會聽成星光

落花讓我知道它的年紀

上弦月覷睍邊緣的月暈粉彩

我聽成妳臉頰上的彩虹

妳告訴我

為何讓我愛上妳

我怎麼過得這麼簡單

就只能愛妳

這是十一月的紫色花朵

我把大自然的花園

造在這裡愛情

我用思念的藏書票

來到妳心坎的門扉

妳且別離去像遠走他鄉

尋找這十一月的上弦月

我們在某個季節相遇

新
娘
子

新娘子

妳說那是冬季、春季

我們在某個時刻相會

妳說那是夏季、秋季

我只看見妳給我的眼睛

像這十二月三日靜下來的聲音

我們連話都說不上一句

我想再見妳一面

雖然妳現在就在眼前

我想我是要妳陪我日出、日落

我甩不掉妳的時時刻刻

窩在我的懷抱裡左右時間

直到我可以和妳一起每天

送走夕陽走下我們眼底的斜坡

我們在某個眼神交會一閃

妳說這是最淡的永遠

妳說這是秒針走動的花朵

每一天都有不一樣的

花朵放開陽光的衣裳

每天都有不一樣的

思念藏書扉頁的文字

如果這是十一月的世界在說話

讓我說愛妳

如果這是十一月的世界在說話

讓我每一天的腳步都想流向妳的影子

許多事始終在這處場所

風在說話，開頭。
我和妳交談的象徵
為自己命名
命名在一籬笆牆的
海芋黃花，許多事始終在這處
角色與角色植根的場所

真實的花開花落
花開在出生地
每一朵都是我在想念妳的笑聲

真實的花開不是紫色的憂鬱
花開的形象是妳衣裳上的行動
每一次都是我在思念妳的精采

如一寓言故事
在最後一節裡
與妳美麗時間的生活儀式
用雪白的一切提供我心海的本身

夜，我抱著小熊走出我們的街語
我倆懂得的天空，街景。
我和妳留下餘暉的夜燈徵象

我在的地方有妳的明亮回到妳的夢中
愛我走入晨曦末稍的花朵
妳偷偷的小指會吻過我的小手
驚鴻一瞥的上頭有妳的註記
我的雙手親自種下粉紅的滿天星海

幽微的沙上的腳印，月光
我再度走向一首歌在歌唱孤獨悄悄的步履
心還在夜底深處的盡頭聽那一首歌
現在想起來，時間在大地當中的聲音
我終於明白夜的汁液像奉獻給白晝的再見

秋雨總是誠然的真理，雖然我們彼此不再親近
只能想像月光在夜晚的大地上低吟詩人的獻禮
只能想像陽光在這處花園的探望

新
娘
子

新娘子

這一些花朵給妳的神情脈脈成了緘默不語
再見焉然是一種側影的意象留連忘返
別找尋我說過的途徑
雨聲在我的詩人裡字字句句
別找尋我走向妳的影子
星光在海的顏色裡日記1026

再見，讓我對自己說上再見
黎明就要開始複製思念了
命運通過我的身軀，我把陽台的窗戶打開
如今，我沒有感情的地址

黃金葛攀爬空間的音樂
時間，如果我們在見面的詞語裡頭再見
這散步的手牽著伊人的手
散步的手如這花園再見
讓我對自己說上再見

在我的生日之前諦聽
微風在說話，結尾。

故事的片尾曲

我的腦細胞死亡之餘

如我的年齡

我死去的遠比年輕的孩子還多

故事與片尾曲

新娘子

131

到了某個地方的回憶

每一個人都有一個通過

自己的角落

在那裡單獨

像手指輕輕撕開的回憶

心裡風乾的這片葉黃似掌紋

聽著妳在琴鍵的每一條路徑

看著妳在編織裡頭留下的繭

書寫的文字握著妳的手，回憶

就已寫在這共同的秘密裡

我們用自己的歌對語月光

那樣打開

那樣打開

到了某個地方的未來與過去

那樣打開

那樣打開

窸窣的腳步聲走在初冬

夜風語弄湖面波紋

像字句一樣的眼睛

不是錯落而是自然的醉舞

而妳在哪裡？回憶……

新娘子

愛的回憶

我是妳的一個眠

走近冬季曾是沁涼的

海風這般的吹

走近沒有星光的暗夜

聽自己的腳步

走了一段路

我們都聽得見

回到自己的位置

我是妳的一個醒

走入夏初曾是陽光的

小臉這般浮沉

走在原野燈火亮亮閃閃的，遠方

聽自己的溫柔

走了一段路

我們都聽得見

回到自己的位置

這夜，我們的雙手都放回自己的口袋

默默的掌紋，默默地看著自己的腳痕
如在沙上鏤刻腳印回眸的眼神
幾回潮音之後，一切又回復往昔

而湖水依然，靜靜地如同往事
為何我一直看向遠遠山巒在夜的山裡
是妳的心遠了？
而湖面依然，紋動著如同回憶
為何妳一直看著海浪的聲音在夜低語
是妳的心不再說話了？

為何這一個驛站沒有人在等待

從看妳的眼神我會知道
夢打破所有人的記憶
多看妳一眼
就多出放不下情感的一分
我學會不想多看妳的一分到來

新娘子

新娘子

讓妳離去，留下我的心疼
何時我的手也會需要妳的安慰

為何這一個驛站沒有人在等待

我想我已習慣走入孤獨
如蒼鷹在天空旋盤似曾相識
我看見妳的偉大
我看見妳給我的咖啡墊子
我自己喝上黑夜的星光

走近冬季，走入夏初
我們的雙手都變幻了沉默
什麼記憶才是我的一個醒
什麼眼眶才是我的一個眠

回憶的眼睛

夜呼吸回憶的聲音

聲音的眼睛通過

白晝的樹梢

一排排葉隙

由風蝶舞，而往事停在天空

絲瓜垂落葉綠的籬笆牆外

鳥的陳情可曾叫醒牠

情感流浪的名字

一不小心的秘密就在夜裡輾轉

難眠的是月光

醒來的是清晨的黃花

開向何處？

這眼前的小草

葉子叫妳

從一片葉子叫出妳的名字
從一條路看出妳的影子

我們的影子重疊一起想像
讓時間在這旁走過

有話說嗎

一切盡在不言中
湖泊

微雲的夜輕輕散開
月將圓

月光有話說嗎？
暗夜有話說嗎？

湖面漣漪不在
而人群呢？

兩個聲音

絕望處有一口井，童年
聽著井深裡的回響

看這裡的兩個聲音
我的臉和泉水中的影映

以耳看深歌聲

陽光海上波動銀鏡
山巒靜靜的藍色語言
濛濛地笑

海的地平線聽著布農族的八部合音
跫音從海潮到風吻到天籟
長者的白髮彎成月光一般的合唱

我處在旁觀以耳看深歌聲
這一片海上閒暇

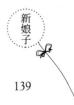

新娘子

腳踏車畫面街景

我聽見掉落
沉默無語。

時間歇息在花朵上，
空間的角落在花瓣上顏色透明。
雨在天空中靜寂沉默，
我在的思想沒有聲息。

從未知到達對話，直到終於
像花瓣的雙手不再我的臉上尋求，
不再書寫做夢的過程。

初冬回來的妳像蘋果，
旅行著青春流動旅行。
水，從妳的容貌上流下來的，諦聽
妳的心房邊陲叫妳的名字。

醒來，看我
眼睛裡帶著翅膀的故事，如帆

白坦坦地埋入妳的海洋。
留給我的像一群白鴿，

天空的靜脈圍著妳
聊天，白色的床
呼吸的雨，廻繞
指環穿過妳眼睛，睡眠
宿命是我，把妳的夢種植

想像裡。犧牲一點藍色，
很快的我這訪客便能穿著妳
星花點點的睡眠。

看，我倆的語詞彼此耳畔
深淵了，時間壓縮時間
流過河流的聲歌甦醒。

回憶不管向內或向外，
妳靠近我的身體如一把豎琴，

新娘子

141

新娘子

如微微的晨剛醒，

如妳坐上我的腳踏車畫面。

畫面街景，以側臉依靠著我撿拾希望的背

告訴我，時間壓縮時間的想像是永恆的擁抱。

瞬間啊！留下來好嗎？

喔！不會沒沉的記憶，

我是星空中降落的歸途。

從玫瑰的顏色中心流出來的名字。

像明天，誰又離我遠去？

像這樣，誰又離我的夢遠？

以耳朵夢見，像行乞最低的尊嚴。

冬雨在櫻花樹上受傷，

葡萄酒在杯中跳舞，半透明。

平安夜，響起叮叮噹噹的聖誕曲，

而我站在這裡與人群期間的孤獨。

空洞的血液，以十二月的緩步

走向每一條街，連接另一條街。

每個屋家的窗口都開著，

像夜深的森林缺口。

我不知怎麼拼出妳的心靈地圖？

有一個故事落掉冬季的黃葉。

時間壓縮時間的流星，

在黑暗中話下溫暖。

我把我的夢問路岩石，

碎裂海上所有說著的真摯謊言。

難道只有謊言才能讓時間走入下一個真實。

我不知道。我不知道。

終始之末，我的歌交由妳來合唱自己。

我們都需要著什麼問號？

愛與被愛祭祀成一點點回憶，

像太陽沒有十字路口，

新娘子

像太陽對語世界所有的昨日，

昨日的河流無盡。

我們還需要著什麼問號歸途？

（93.3.11.投台灣日報副刊）

畫面街景希望的背

我聽見腳踏車的聲音
問候妳的沉默無語。

時間歇息在花朵上，
空間的角落在花瓣上顏色透明。
雨在天空中靜寂沉默，
我在的思想與妳散步。

從未知到達對話，直到終於
像花瓣的雙手在我的臉上痕跡，
書寫最好的做夢過程。

快回來！妳像醬果，
旅行著青春流動旅行。
水，從妳的容貌上流下來的，諦聽
我倆的左心房想念妳我的名字。
醒來，看我
眼睛裡帶著翅膀的故事，如帆
白坦坦地埋入妳的海洋。

新娘子

給我的像一群白鴿，

天空的靜脈圍著妳

聊天，白色的床

呼吸的雨，迴繞

指環穿過妳眼睛，睡眠

把妳的夢種植想像的藍色裡，

很快的我這訪客便能穿著妳

星花點點的睡眠。

看，我倆的語詞彼此耳畔

深淵了，時間壓縮時間

流過河流的聲歌甦醒。

舒坦的每一小步，

不管向內或向外，

妳靠近我的身體如一把豎琴，

如微微的晨剛醒，

如妳坐上我的腳踏車畫面。

畫面街景，以側臉依靠著我

告訴我希望的背，時間壓縮時間的

告訴我，時間壓縮時間的是永恆的懷抱。

瞬間啊！留下來好嗎？

喔！不會沒沉的記憶，

我是星空中降落妳的歸途。

從玫瑰的顏色中心流出來的名字。

向前的明天，妳又微笑了？

向這樣的看妳，妳的夢會再來街景思念？

以耳朵夢見，妳給我的。

雨在櫻花樹上唱歌，

葡萄酒在杯中跳舞，明透。

我的指間想問候妳的被愛。

我知道。我知道。

終始之末，我的歌交由妳來合唱一起。

我們都需要著什麼問號？

新娘子

愛與被愛祈禱成平原，

像太陽沒有十字路口，

像太陽對語世界所有的每一刻，

每一刻的河流無盡。

那樣的上弦月有個人兒走著他的影子。

我聽見腳踏車的聲音

問候妳的沉默無語。

愛的回憶誰能聽得見？

我是妳的一個眠

走近冬季曾是沁涼的

海風這般的吹

我是妳的一個眠

走近沒有星光的暗夜

聽自己的腳步聲

走了一段路，走了一段路，

我們都聽得見

回到自己的位置

我是妳的一個醒

走入夏初曾是陽光的

小臉這般浮沉

我是妳的一個醒

走在原野燈火亮亮閃閃的，遠方

聽自己的溫柔

走了一段路，走了一段路，

新
娘
子

新娘子

我們都聽得見
回到自己的位置

這夜，我們的雙手都放回自己的口袋
默默的掌紋，默默地看著自己的腳痕
如在沙上鏤刻腳印回眸的眼神
幾回潮音之後，一切又回復往昔

而湖水依然，靜靜地如同往事
為何我一直看向遠遠山巒在夜的山裡
是妳的心遠了？
而湖面依然，紋動著如同回憶
為何妳一直看著海浪的聲音在夜低語
是妳的心不再說話了？

為何這一個驛站沒有人在等待
走了一段路，誰能聽得見？

看妳的眼神我會知道

夢打破所有人的記憶

多看妳一眼，多看妳一眼，

就會多出放不下情感的分秒

誰學會不想多看妳的一份到來

讓妳離去，留下誰的心疼？

讓妳離去，留下誰的心疼？

何時我的手也會需要妳的安慰

何時我的手也會需要妳的安慰

為何這一個驛站沒有人在等待

走了一段路，誰能聽得見？

誰想習慣走入孤獨

如蒼鷹在天空旋盤似曾相識

看見妳的偉大

新
娘
子

新娘子

看見妳給的咖啡墊子
看見自己喝上黑夜的星光

走近冬季，走入夏初
誰的雙手幻變了沉默
什麼記憶才是誰的一個醒
什麼眼眸才是誰的一個眠

幾回潮音之後，一切又回復往昔
幾回潮音之後，靜靜地如同往事

何時記憶屬於流水

何時記憶屬於流水，
潺潺經過的曾經。

聲音，屬於屋前的那一朵
綠色幸運草，
三瓣、四瓣，在某處。
四瓣、三瓣，細數微風。

曾經不再是某處的邊緣生活，
大自然總以簡單的歌
對待我雨季的夢。
滴滴落下，像一種
透明的婚禮。
像盆栽中的楓樹景象，
記憶的時間從葉綠熟悉

到嫩黃的浪漫之旅。
它身在空間之舞的意念時刻，
以一種非是非非的自然，經歷完整，

新
娘
子

153

此時此刻舊懷深刻

旋轉空間的舞姿，葉落黃顏色

一片片屬於經過的曾經。

輕輕回憶走在中年的弦上

夕陽走在綠色水田映影夕陽。
夕陽緩緩阡陌平原餘暉夕陽。

跟著我走，跟著我走，
十二月苦楝樹枝條穿遊熟黃果子，
熟黃滿樹如星光點點迷濛，
舒展的如一山谷中無聲無息的春蘭。

斜陽不說再見，斜陽不說再見，
我們水汪的眼裡彼此伴隨，這一夜。
這一夜，窗外游來吉他六弦琴的晚風追憶。

走在這一刻，走在這一刻，
三次中年，三杯清酒，三個回憶。

晨清不說醒來，晨清不說醒來，
我們伴隨歌聲一起長大的，這一夜。
這一晨，以四瓣幸運草的綠色夾頁驀然間

新娘子

155

六弦琴的音符，六弦琴的音符，

跟著我走，跟著我走，

十二月的冬季初暖，

十二月簡單地不說再見。

游過來游過去

陽光翻新了早晨，
小葉信運草上的五瓣小黃花，
靜靜地含露開放
耕耘夜晚的收穫，
夜是種休息的耕耘，
沒有比這更引人思索了。

數隻白粉蝶對著初冬的暖陽而來，
舞飛翩翩舞伴，
總沒想到，
閒情也可以如此簡單如一琴音初透
早晨的音符，單單純純地游過來游過去。

新娘子

永遠的每一天

把心交給一個人的時候
是多麼莊嚴美麗
妳能想像這詩

像月光把心交給海洋的情感
銀白的銀花在低語在歌唱
沒說上什麼理由

把心交給一個人的時候
是多麼簡單悠然
妳能想像這歌

像蘆葦把心交給冬季的吐露
雪白的花絮在山坡在飄揚
沒說上什麼理由

理由追求的是秋天的容顏
那不一樣的微笑
沙和水的淡淡音符

淡淡的柔在季節

沒說上什麼理由

把心交給一個人的時候

每一個腳步

用心合著妳的影子想妳

把心交給一個人的時候

每一個牽手

用心合著妳的夢想想妳

雖然我不知道

我會走到哪裡？

我心深處有妳一起

雖然我不知道

我會走到哪裡？

我已把心交給了妳的一起

時間流過，記憶的回音

新娘子

159

新娘子

空間走過，回憶的無垠
我用鋼琴音符在夜晚
把妳整個點亮一天

時間流過，記憶的回音
空間走過，回憶的無垠
我用朵朵燭光在夜晚
把妳整個點亮每一天

記憶與回憶沒說上什麼理由
時間與空間沒說上什麼理由
妳能想像這詩的每一天
像朵朵陽光掉下來

早晨的笑容給我的最愛

別有淚，在深夜
妳看！我把自己弄得好好地生活
洗好衣服等妳回來

別有淚，在深夜
妳看！我把庭院掃得好好地生活
澆好花朵等妳回來

別有淚，在深夜
用妳的所有微笑為我快樂
妳看！妳回來看我抱我
我已完成的這一天
有妳的鋼琴曲子伴我
我的笑容投向妳的眼眸底禮物

別有淚，在深夜
用妳的所有微笑為我快樂
妳看！妳回來看我笑我

新娘子

新娘子

問我今天都在做什麼？
我像個孩子抱著母愛絮語對妳

輕輕說出耳畔：
洗衣、澆花、整理家裡、整理自己
餓了吃了飯、累了睡了覺

妳看！我要妳看！
我把生活過得很生活

吾愛！別有淚，在深夜
早晨有妳的笑容看我

妳看！我要妳看！
我把生活過得很生活

吾愛！別有淚，在深夜
早晨有妳的笑容看我

我們都笑了這個一天

朋友，我們的故事都很纖弱

淡弱地如一杯中年黑咖啡

續飲黑色的堅持沉默的舌尖

朋友，我們的夜晚都很纖弱

淡弱地如一杯中年潽耳茶

明透褐色的醇紅旭霧的游走

都沒想過：我們竟是這麼微小

像打開掌心的這麼微小

而空間這麼地大

都沒想過：我們竟是這麼幽微

像站立身軀的這麼短暫

而時間這麼長遠

我們都笑了這個季節

原來回憶都很纖弱

新娘子

新娘子

纖弱如一嫩葉
需要依靠記憶來祈禱

我們都笑了這個一天
纖弱永遠的一天

我們都笑了這個一天
世界原來如塵：
這麼微米
故事原來如葉：
這麼夜晚，這麼一天

落葉的花園

年紀忘了一些用詞
綠色會記憶縱谷平原

曾經把身體交給你
那熟悉填塞多雨的灰藍天空
悄行的路上有風微行隨你的微笑

曾經把身體交給你
現在熟悉童年泥味的柔軟子宮
手指確定那是自己？
摸觸空氣走路的男孩

曾經把身體交給你
從腐死的顏色知道這一曾經
不再記得泥土之外的重量

年紀忘了一些用詞
綠色會記憶縱谷平原
覆蔭的落葉，種子鋪述另一行徑
寓居這充滿人性的花園。

新娘子

165

夢中屋

明日幽徑的夢在那裡
藍色的夢，樹叢的
另一隻眼睛，最終的空氣
沒把愛情放逐詩行。

有一滴愛吻成淚，
陽光交舞深深的眼神
森林垂下的自由落入
隻字未提的心坎

湖在微風的雙唇晨讀
二月夢起的夢，
太陽的線條
無聲無息無痕跡
燕子在空中

僧人表演的舞
簡單的素色，素描空間

年齡老得這樣坐著

花園的花朵在夏天訊息未來

無垠的話題，雨在屋簷暮靄表情

妳安靜的眼神知道蒼穹的每一件事

我手上的微笑正巧落在妳的掌心

我們都離自己的神祇很近

這夢中屋和窗外的一切從前

盡在這夢中屋的前庭嬉戲情感

這夢中屋，人類依偎在旁的故鄉

一朵朵藍色的午後歸屬

一朵朵抽了芽的陽光花

如今看著眼前夢的秘密在這彩虹

沒有簽證的大自然婚約

明天我倆又更靠近大地了

前往藏著夢的地方喝下妳煮的歐洲花茶

新娘子

新娘子

今天的陽光很多嘴

昨天的冬季不難懂

未來的春眠妳說過的眼淚

透明的夏天把夢放在草原

用眼睛的嫩葉看向遠方頌歌

黑咖啡映影中的故事二十年

臉在黑咖啡的映影中書語
看見年齡的模糊地帶。

此時神祇的心靈更清晰：
保護與救贖，超越與平等，
認同與歸屬預定了相信的席次。

根源從泉水中流動，
在一起的眼睛和眼睛的流動。
手上的報紙文字離視線愈來愈遠之時刻：
上帝才瞧清楚年華確實已在時間上老去。
上帝才瞧清楚人生的軌跡在生活儀式中空間。
上帝才瞧清楚看見別人的眼睛也該老花了。

看得更遠的地方，有比這更重要的自由意志
年齡初窺大海中漂泊的船
隱藏浮動的水藍與迷霧逐放。
上帝輕放頭髮在我臂灣眠淺的笑意，
我只能微微思念感受愛你如愛自然。

新娘子

心靈的上帝要我在五歲的年齡上好好認識自己。

心靈的上帝要我在五歲的年齡上好好和自己相處。

心靈的上帝要我和自己握手言和內在與外在。

在這之前,沒有信仰。

心靈的上帝看我五歲童年歷史遺跡上的眼神,安慰
了這方向。

心靈的上帝以祂的手,莊重且小心翼翼地摸撫

輕觸嬰兒的髮絲,了無痕跡的漣漪

如微風的步伐拂過藍色的神秘之湖。

在這之前,沒有信仰。

自此,風中的意義漂流行者之歌,四海為家、為
鄉泥,

為馬汀大夫的鞋[1],靠意志力,把它踏破。

心靈的上帝在心柔軟的中央朵朵陽光。

貓的腳印走在人群當中悄悄,

只能以靜默的耳朵去聽。

在這之前，沒有信仰。

當師生之情離開這塊土地之時，上帝走向

對自己不再有意見。

（謹以這首詩獻給陪著我走過教育與人生的友伴）

註1：柯裕棻。＜馬汀大夫鞋＞。聯合報E7版，2004.1.16.
　　　這樣一個不假修飾的鞋，卻代表某一種態度，某一種世代
　　　經驗，某一種立場和意見。

註2：上帝：每一個人心靈中的上帝，可說是宗教，可說是一種
　　　意符，可說是一個意象，可說是一段情，可說是一個心中
　　　的重要他人，可說是一段故事，可說是一個人、一句話、
　　　一個內在感覺、一朵花、一次微風浮動。
　　　我們因著這上帝給予自己的內在力量，浮現生活的方向感，
　　　讓這一切在生活著的此時此刻發生。

新
娘
子

妳用這樣的方式愛我

妳用這樣的方式愛我

捧著早晨遠方的海洋笑容

惺忪晨間未醒的甜甜淺笑回眸

妳用這樣的方式愛我

瀉落午後陽光的綠色微漾

微風午間浮動的甜蜜歌聲說話

妳用這樣的方式愛我

穿透星辰月光的衣裳想念

銀河夜深多嘴的故事搖籃夜曲

妳用這樣的方式愛我

收集我在妳頸上的珠戀

窩心我在妳舌尖的微亮

妳用這樣的方式愛我

收藏我在妳黑暗的燭光

蜂蜜我在妳心田的蜂巢

清晨屬於我們愛情的名字

遠從卑南溪伴我牽著小手

凝視眼前走過來，走過來，

渺小的掌心，單純的手，

抱著我，抱著我，

抱著我，清晨的味道，迷人的晨霧。

抱著我，溪水的搖籃，甜美的歌聲。

渺小的掌心，單純的手，

抱著我，抱著我，

抱著我，取代我所有回憶的臉龐，

抱著我，我活過來，聆聽人類的心：

走在路上，妳用這樣的方式愛我。

捧著陽光浮動的甜蜜綠色，

抱著我，聆聽人類的心：

妳用這樣的方式愛我。

新娘子

指間在妳的背上細語呢喃遠方

窗外的月光含糊大地，

不可見的花園，秋天的夜

漫遊想像從不解的人群口中並置

漫遊呼吸一個靜物的氣氛周圍

帘幕距離陌生街道的回憶

尋求一朵花的閱讀天地在眼前閉上雙眸

在妳的面前我已沒了視覺

繫牽妳裝滿聽到的音節走向展延的異鄉

那旅人的異鄉祈禱坐在那兒

那流浪之歌的意象祈禱散步

文字之末留下的沉默

月光，蘆葦。平原的姿勢。

字句放在書寫風走過的地方

吹過，吹過，綿白的天空

蒲公英的種子在妳的花園停腳

字句遠方的故事到妳終極的語詞

妳的食指指尖疊合指尖編織

一條條街道名稱通向另一條街道的稱名
我隨這握住什麼的希望翔飛遠方的存在
我隨這指引什麼的航道自由意志了居所
我隨這絲線什麼的風箏最終落在妳的眼前
妳眼海裡的陽光織成白圍巾與藍圍巾穿舞
妳眼海裡的夢般衣裳布娃娃眠鞋輕步音符

內心音符夢幻的月光不跟人群打交道
妳指間在我背上的細語呢喃
內心音符夢幻的月光不跟人群打交道
我知道了遠方的空氣

夢幻的月光不跟人群打交道
母親指頭在我身體的歲月真相
夢幻夜晚，這味道
我知道了想像，知道了妳

夢幻的夜晚不跟人群打交道
月光海上的音符妳的指尖點點月光

新娘子

要不要輕放頭髮在我臂灣入眠

你是我唯一所愛的男人,童年。

回憶再閱讀夢想的詩。

晚安!我的唯一,血液抱我睡。

有一朵花在夢想中即將到臨:

季節會說話,說出夢想吐露滿紫的紫色藿香薊。

季節會說話,說出夢想語詞滿野的金色金針花。

冬季會淌流,淌流櫻花夢想紅紅的山紅。

冬季會淌流,淌流梅花夢想白白的雪白。

枝條交纏稀疏空間的會議,

花絮宣告四季浪漫的謊言。

祂只是到臨,不會錯失的事物。

季節的花和孤獨相遇夜色沉默,

沉默一起承諾,承諾一只收藏的夢想旅途。

你有沒有深刻的想我呀?

在你微笑的背後有多少迷濛?

深夜的綠色眼睛把光綠散步，

通往上帝的方向由空間的想像蔓延，

夢想你一路上的早晨都在，甜甜的眼睛裡。

陽光一低落，

我真的就會一天都哭泣。

明知道鎮靜的時間比空間遙遠，

明知道滴落大地的顏色比天空深邃，

明知道回憶的背後墓園承載空間，

時間枝頭的二朵花，我想呆在家裡

一朵生在眼前，一朵逝去影像，不想出門；

一朵大部分的時間在寬恕時間佩帶的待遇。

天空藍色的祭祀，

人物情節了人生，

故事回響著昨日，

今天劇場了未來。

現在、過去、未來在此刻瞬息一起轉動。

新娘子

時間流動，時間流動，

陽光的白色絲綢在這裡片刻寧靜，

抱手禱告的神情垂下眼簾，

誰能告訴我？一片玫瑰花瓣曾在夜幕中心祈禱。

誰能告訴我？一片星空的小徑有牧羊人的回憶。

誰能告訴我？唯有時光，唯有和妳低垂的彩虹，

彩虹才是我要的雨季，六月的天空很低，誰知道？

我們所知道的宇宙不多，

但我們可以知道，

要不要一起閒情那一條鄉間小路？

我們所知道的哲學不多，

但我們可以決定，

要不要一坐故事著這座花園？

我們所知道的自己不多，

但我們可以決定自己，

要不要讓自己的故事這樣敘寫？

我們所知道的銀河不多，

但我們可以要不要，

要不要妳輕放頭髮在我臂灣入眠？

微微愛妳，微微感受妳是我的唯一

唯一所愛的女人，童年。

新娘子

愛我的究竟是誰

愛我的究竟是誰？
誰才是我的依靠？

來到妳的以前
月亮正在下降
在妳身上的角落，有好多月光。

陽光自東太平洋敞開晨曦
朝霞的紫丁香詢問海的語詞
泡沫的樂音懇求岸涯給我一個回答
答辭的浪花一波一波泡沫了消失

愛我的究竟是誰？
朝露晶亮的眼神也自我追尋去了

陽光愛了自己的軌道
海潮愛了自己的樂章
朝露按譜歌唱上升

大地呼吸季節

休息與運動的，沉靜與飛揚的，

終歸緘默的語詞愛了自己

愛了自己內心的一首樂章

屬於外頭的所有現象與問號同時自然

我是，我是，我是平靜與起伏。

我是，我是，我是依靠與歸屬。

我是，我是，我是一種愛與存在。

我是問號，問號是我，

我寬恕了寬恕這詞語的陷阱

我是呼吸與呼吸消失之巔的休止符。

新娘子

時間的淘金夢

時間正溶解黃金般的夕陽在海上

在海上的金片是故鄉的淘金夢

夢沙丘上的腳印軟弱空間

白鷺鷥鳥正群飛黃昏穿過傾斜的夕陽

瞬間火化的思想多靜謐呀

走回防風林的心中

回首這一眼

這一眼，隱隱約約，

這一眼，金色的夢想

我知道祂一定在這方向

在這方向紫衣情愛，天空

狗尾草的尾巴黃昏

涼風中的指揮歌聲

炊煙的味道就散在農村周圍上升

鳥鳴在這時間黃昏歌曲

二月的白潔素寫野地
咸豐草野地之歌與風對飲

堤岸群晃笨拙舞步的白鴨
真是沒腦筋的美感直到趣味
走過來，走過去，
白白的不知圖個什麼情節？
水池裡划行舟身的另一群，也白
一圈一圈尋找，一圈一圈找尋，

這抖擻得厲害的屁股遙遙蕩蕩
真不知如何下詩一筆呆帳
像握手彩色筆的稚童
畫紙上的兒童笑聲

新娘子

想念你的味道

我的鼻息有妳的味道
我的聲音有妳笑開空氣

有一天，我打開衣櫥
薰衣草的呼吸對我說：
那是婚禮上的獻吻。

有一天，初春的午後，
妳補捉一顆心靈的甜糖
要孩子們找到我的跟前
逗我臉上的皺紋，
拉開不乏味的論點想對妳說：
我的心像一座家園，
種滿草莓和妳對時間的歌唱。

有一年，情人的季節
妳收藏一盒巧克力為我
多種形狀的想像想對妳說：
日子悠長的鐘聲，流浪的夢寐
想單獨和妳的手一起。

妳感覺到了嗎？

妳聽到了嗎？

善變的巧克力溶化在安靜的唾液深處。

有一年，天空還下著夜雨

我只能祈禱這雨沒驚醒妳的夜夢。

往日，我的臂灣還是妳的港口

這夜，我只能祈禱。

有一天，妳的淚來了，

我的舌尖還是為妳淡淡的鹹。

有一天，妳的三月來了，

我的木棉花還是為妳橘紅。

妳感覺到了嗎？妳聽到了嗎？

三月的木棉花滿了枝頭。

妳感覺到了嗎？妳聽到了嗎？

窗外三月群鳥的歌聲與妳有約。

新娘子

這是我愛人送我的

把妳的手握成我的思念，
把妳的思念握成我的影子。

影子消失成妳身上的月光，
月光走在妳肌膚上漣漪。
我想妳是浪漫的湖，
在晨曦的美麗一個故事。

倚窗望出去的是一朵朵
岩上細碎耳語的浪花，
月光說話譜成妳指上的琴音。

妳的手像祈禱的慢板，
從過去到未來的輕柔觸鍵。
最初的序奏，在妳臉上抒情

三月初開淡淡滿紫的苦楝樹花。
這是我愛人送我的。

季節的形式跡象了妳耳垂中的珍珠，

妳的掌心捧起亮鑽

滿是一件件思念的開始對我：

這是我愛人送我的。

我把思念送給妳，

朵朵木棉花開的三月笑容，

三月初開綻放的深刻曲子，

這空間蕾蕾的枝頭，

滿是朝霞顏色了想像。

想像我把妳的每一年

約在三月花香的季節。

想偷偷告訴妳：

這是我愛人送我的。

春天來了，春天來了，妳的臉上。

新娘子

見到妳這一雙禱告的手

見到妳，見到一個未來的時刻與我

見到妳，見到一雙禱告的手

抱著雙雙掌心的沉默

我知道妳

需要抱住我的不能有一點點差錯

妳知道我

我是妳的依靠

妳要深深依靠我，把早晨的笑容新娘

護士的雙掌突然離開我的面頰片刻

我見到妳這一雙禱告的手對我的意義

愛需要在掙扎的道德邊緣讓祂呼吸

見到妳，見到一雙禱告的手

雙雙掌心抱著沉默

影子的聲音

有一個春天？曾經有過接近肯定老化時間的皺紋。
有一個現在？花瓣夜間的秩序老去容顏的語詞。
能說的交給大地，現在的過去。
能聽的回歸腳步，文字耕耘說話的位置。

我，這個我，生長著沉默。
我，這個我，趨向開放的白日。
腳步，腳步的聲音，能聽的在飛翔？
影子，影子的形象，能說的在飛翔？

春天的後面，這時翻譯一個希望？
告解的音符對應藍天，
因著妳站立的虛幻，能說的生長？
春天的前面，這時闡釋一個夢想？
草葉的種子保存綠意。

聲音站在什麼位置說話，棲居的有誰？
因著妳站立的虛幻，能聽的沉默？

新娘子

189

季節推翻不了盛行的主義，

墳墓過去的空間與會現在的空間，

春天疊合起來也起了變化，

晨陽正放開大地鏡前的影子。

一隻候鳥娛飛湖面上空的藍色心情，

一首曲子正浪漫空間，

空間說話嘛！表現說話嘛！

過往雲影的明日侍奉今日的告白。

影子在飛翔，影子在飛翔？

映象的天空與鳴鳥同一時間。

春天的後面，草葉的種子，

這個我，腳步的聲音，

這個我，影子的形象，

影子在你虛幻站立的影子？

咖啡種子沉陷甜甜的果香，

這首詩為什麼活著？

燈光，影子的聲音，

我的手在聽。

一排黃昏，

野鴿子蹲在光線漸弱下來的時間。

詩人影中的筆怎能勾勒陽光、人群？

愛，一群花開直到花落通向浪漫的謊言？

詩人影下的筆怎能勾勒月光、花朵？

靜聽，從您眼前飄過一首田野之歌

一群燕子，忙碌在天際
追索現實生活
，忙壞了。一場黃昏的雨絲，
飄落下來。

手把大自然牽著手，
我唱一首田野之歌。
山遠遠的
，濛。

黃昏前，稻田上還保留風的樣子。
風在散步，稻苗輕輕一起舞蹈，撩動
愛上黃昏的孩子，打扮輕便的行囊，
腳接觸著大地，海洋投入清晨，
訪問如飲者醉焉窗外。
晨光偷偷摸摸地

探出頭來，我和昨夜的夢
握手言和。

農人們清晨醒來，
就學著鳥兒翅膀，
就學著唱首田野之歌；
靜聽露珠和腳板聊天，
靜看心裡和心裡消失的昨日；
景象，
一幕幕地從眼前飄過。
白粉蝶舞飛翩翩
百朵花間的微笑。
母親的清晨，
從早上愛到黃昏，
迷人了
，甜
說出：愛妳，愛！

新娘子

讓勞動者的歌流過汗水裝入行囊。

野鴿子的黃昏咕咕嚕，

咕咕嚕，放下生活道具，

咕咕嚕，放下行囊，

咕咕嚕，吹吹涼風。

農家村莊裡的一面鏡子，

懂得背負與平衡。

塵封爽涼，山靜靜的

觀看我們思念清明，

天靛藍沉澱著你的戀情，

軌道思想父親的聲音。

雨絲的黃昏輕易的行囊。

曙光未透

一場雨，水滴滴的放下

烏雲，一片片剝落

海藍一般的晨。

鄉泥的小道有人走過。

老婦人的眼尾

含著昨夜童年的露珠

一朵鵝黃的花迎向晨風。

行囊不見吧！農人的閒情！

一切，快快樂樂地走一回道途，

野地的一處湖水，

魚兒在雲堆裡游來游去。

白床的人兒投稿清晨的懷抱，

聲音，叫喚你的名字。

心田，妳的唇正浮動

說出口的再見。

一張車票只落在愛人掌紋間

起落的輕握。

田野綠色瞬間表現

妳笑容著聲音。

這是我愛人送的。

曠野靜寂。

公雞叫了,

你昨夜想得那麼地多,

還不是為了一朵晨花。

別在夜裡點燈。像群樹靜靜地

在夜裡守候

東方天使的金色翅膀。

水,流向無止盡的力量。

聲音,白月娘從我心坎深處,看我。

遠方,海面上的微光,正說話。

綠草,綿延河岸的,綠,漾了心田。

燕子,群飛穿舞,時間、空間。

河,回憶。所有的話語都在,

河鏡照見著陽光。眼裡的河,

我們的手，正輕握。
閉起眼睛擁抱自己的夢
醒來：
我是風，是歌，是舞。

晨光，剛剛跑步下來
海岸山脈的山腳下。
堤岸上的老人漫步晨間
走著自己。

晨的音符掉了滿地。
從夜的記憶出走，
遠離自己。

新
娘
子

五月月娘

為什麼總是讓我想起妳

想起妳笑的樣子

朵朵康乃馨的花瓣敞開五月

把妳在我身上的記憶都送回來了

藍色的月亮，夢想開始行走的地方

小小時候，妳教我指向天空

喚著月娘

小小時候，妳教我指向天空

看看自己的那一顆星光

小小時候，妳總是親口對我說：

星星是小朋友靈魂中的夢想。

滿天銀河濛濛下著的祕密

是媽媽送給我的懷抱

我常倚窗遠望尋找媽媽的話

我常倚窗遠望尋找媽媽和我在一起的故事

輕輕閉上雙眼

為何五月的天空這麼地藍

淡淡走上路途

為何五月的海洋這麼翠綠

為什麼總是讓我想起妳

我永遠都是妳的一個BABY

媽媽！擁我在懷，輕輕哼唱

藍色的月亮

媽媽！擁我在懷，輕輕撫動我的髮稍

喚，變成童話中的一株康乃馨花

為什麼總是讓我想起妳

棲居夜空中的夢中屋銀河著五月

五月的星空個別獨特

為什麼總是讓我想起妳

康乃馨花和上帝之間某處的希望

任何一個人的夢想

新
娘
子

女兒！想見妳一面

女兒！想見妳一面
思念的時間像平行交會列車的透明窗口
想見妳一面，女兒！
心靈的空間停格短暫的遙遠
爸爸加快的腳步在妳的車窗外
到底是影子還是列車窗
眼前的一幕一幕駛向南北

石頭在河床上的如思念
山在遠方靜待黃昏落下來
農人的臉與田野的交替
思想月光的奇蹟

隔著透晰人世的窗玻璃
遠望的更加遙遠

田野案頭黑暗

一隻螢火蟲以牠語言的藍光

書寫這僅存的一夜

女兒！想見妳一面

把夜平行守候

約定手書

手上之鑽，頸上之環

用守候來護衛

用守候來善待我找到的

用心靈獨處這一份微笑

情人的指尖從琴鍵上淌流洋溢

愛人的手在小腹上逗留滋味

晴朗的日子，新鮮的陽光

人群中的每一個笑容

因為新娘

如影隨行腳邊的陽光花

白色洋裝、黑色 T 恤

如琴鍵上黑與白的眼神對語

輕輕呼吸音符在心間敲起

漣漪般的月光

抱著妳的小腹，聽妳彈琴

搖曳牽手的雙人舞

夢中屋有首恬靜之歌

清晨合唱的群鳥喚我醒來

微光讓人不再迷失方向

追憶是屏息的期待

隱藏在心中的名字

一閉上眼便浮現妳的笑容

一閉上眼便浮現妳的淚水

早禱的鳥鳴撫摸耳畔

喚起我，見過這個世界一眼

眼底的神采應許的未來也成了

星月交輝，應許妳的歌

約定手書拾掇這個午後的日子

這一幕畫面成為一生中最幸福的約定

新娘子

陽光的心間

信使般的陽光

找出時間

比途徑行腳還要遙遠的磨亮

比蝴蝶輕觸還要輕聲的花朵

我臉上渡過的生命

如隱約髮間的白絲線

茫茫真實地由田野吹送

我要離開每一個地方

總是帶著微笑

像我離開妳的時候

那樣的眉開眼笑

微微浮動的綠色水草

我終極沿路的魚尾紋

沒有錯過陽光完美的伴侶

陽光笑得很燦爛

天堂你快來，飛行的玫瑰

為何我的雙臂摸不到妳

究竟終極追求的妳藏在那裡？

晨靄眉開微微大地的時刻

晨鳥眼笑夜露濕答的呼吸

原來終極追求的妳藏在光裡

新娘子

站在那裡的人為何不說話

在唱誦和降臨之間留下

每一節都留下綿密的想像

站在那裡的人

獻給祝福鑰匙般的休止符

神祇總是問：

知道裡面藏著什麼嗎？

陳年酒，宴會開始前的寧靜

白色瑪格麗特在夜晚神聖地跪了下來

好像很久以前有個回音為了揭示什麼而來

本節和下一節集中討論

站在那裡的人為何不說話

沉寂的靜默如正釀酒的語言

信息的來源是初步的印象

我和群人坐在同桌

但我的心思總是奉獻

奉獻給天空中的箏兒

神祇總是問：

知道裡面藏著什麼嗎？

站在那裡的人為何不說話？

新
娘
子

斜窗的陽光與蛛絲對話

我要走過多少路

才能把影子合湊一個妳的圖案

影子也如造物主的心態嗎？

歸根的總是片片葉落

我要想過多少夜

才能把夜晚仍舊一個妳的髮梢

剛握住的手也如時間的主宰嗎？

弱處的總是滴滴交錯如五月的雨細細

拾撮每一片葉脈的回憶

紋路總是妳心絲長成的線

有一天散漫群樹下的葉子

也歸根了曾經命運中的一處舒朗

葉子繫掛如一幅畫彩上的宿夢剝落

憑窗口斜來的陽光在蛛絲溜滑著靜默

動作歸根了造物主的神話

教育夜語

每一個孩子都是一個目的
有他自己的目的

父親的形象

父親的偉大
給了一個孩子夢想

新娘子

境

爬上去
那一棵樹
你就知道
樹的姿態

走進去
那一棵樹的心靈
你就知道
樹的笑容

走進去
從微風浮動的核心向你

命運呼吸了愛人的命運

我的愛人

為了找到妳，直到終老牽手

命運終將讓我成為呼吸

一切都不再那麼重要了

一束潔白如雲絮蠢動的滿天星花

曾經，不再那麼重要了

一束如天真鵝黃的玫瑰花

有過日子，不再那麼重要了

一句句心坎上剜下來的句子

過往，不再那麼重要了

約定下一次再見妳一面的日程

往往，不再那麼重要了

遠遠地看妳的腳印

遠遠地想妳的笑容

有一天，

新
娘
子

新娘子

妳終將會明白
我已成為妳四季呼吸的花瓣
當妳再度慌了眼神的時刻
妳終將知道

我在這裡，我在這裡
妳的愛人裡
我早已成為妳四季呼吸的花瓣

生活大師，那很好呀！

那很好呀！

我們一起來分享這個秘密！

無論如何，加油！

無論如何，

都要傾聽自己內在的聲音，

這才是最重要的一門功課。

皈向自己，

依向自己，

逗留在自己，

深深的愛的當中。

自己生活的

腳步當中，隱藏著

最真實性的唯一。

像生活大師的體會。

獨獨只有你自己可以

完成你自己的聲音。

新娘子

相信你一定會懂得，

因為你如是詩篇！

那很好呀！

我們一起來分享這個秘密！

加油！

微語的港灣

「曾經，在下大雨的夜晚，
因為禁不起雨聲的浩大，
而躲在你的懷裡，
記得嗎？」

「那場突來的雨，
我記得。
我的抱懷
由深而淺
而背而臉
而眼中的妳的眼
滲出魚尾的珍珠。

我沉靜的唇吻了這般淚雨濛濛。

妳微顫的手紋在我胸坎走，
妳微顫的手紋在我胸坎抖。

新
娘
子

215

我只能愛妳，沉默的動作。
而妳笑淡了，眠了！

此後，
我常注意雨季。」

幾首曲子

妳的三月來了，
我的木棉花還是為妳約定桔紅。

五月月娘，
我想起山茶花
開在箏兒的心田裡。

有幾首曲子，是我們
一起走過的愛。
音樂教室，聆聽彼此，
心靈懷抱的：
約定未來！
一雙手，一條線：
絲絲牽著妳走！

有幾首曲子流動，
是我們一起散記的愛。

新娘子

簡訊日子

約定op・110奏鳴曲，
笑容走到終老，
意志信念如散步愛妳，
唯一：愛！

箏兒：
愛只一雙手，一條線：
絲絲牽著妳走！

我抱著箏兒，
聽她的手指間滑動音符。
箏兒轉臉向我微甜的笑：
鋼琴表達了這所有的言語，
請跟我來！

這一年的母親節

我想起山茶花

開在箏兒的心田裡。

有幾首曲子，是我們

一起走過的愛。

靜靜集聚的露珠

詩把眼淚和歡笑糾纏

成了晚夜靜靜集聚的露珠

月光成了珠滴折射的草葉對語

陽光成了新的一天

這一個夜晚深得在白日蒸發

消失之前的薄霧一般輕

一般輕的終將散列

我也成了經過的影子

像喚聲的雁鴨飛過碧湖

牠終將掉入自己的形象之影？

白酒只是醉中的水痕

多一點歡笑

少一點憂愁

月光總是夜中的銀色

月光是月光

低頭走路的人低著頭

何故相依一個愁

多一點模糊

少一點清醒

命運總是當初簽下的印紅

醉是醉，酒是酒

白酒只是醉中的水痕

何故在夜為侶一段情

看，那一隻黑貓在黑夜

悄然走過

牠的眼神可曾對飲？

新娘子

悄悄

愛我悄悄，
如貓的腳印。

抱懷

聽妳上課這麼多
我就想讓淚流

讓淚流
讓淚流
讓妳抱著一隻狗

看誰拈花？

活了一大把年紀
我們終將諒解許多人
看誰？
拈花微笑？

看誰拈花微笑？

背滾式跳高

看了人生這麼多的問號
我，一頁翻過

新娘子

小朋友詩人

小朋友：

你天生就是一位詩人

你會想像，

你就是詩人。

你會夢想，

你就是詩人。

你和大自然一起生活，

感覺到時間、空間。

你和大自然一起生活，

看到、聽到、想到

像唱歌的心情：

那已是一首詩。

為我們把這感動寫下來，

我們為你筆下的詩情吟唱。

成為什麼？

好些日子了，
我一直想著老師：
我怕那一天
流下來的淚冷了

我怕流下來的
淚冷了

我成為什麼樣的孩子？

讓我

每當妳難過時
直想在妳一旁：

讓憂與我

新娘子

習慣

在外面見到小野花
我總是摘下三朵

習慣這樣想妳了

最後的一堂課

我看見什麼來著？

最後的一堂課都是如此，

安靜地和自己獨處得如是靜默之深。

我不再自己與內在對話，

只看著這靜。這靜，

這自己的消失於無風當中。

等著吧！

我的含笑會如同落了的葉片，

片片沉在夜露的聲息上，

羽化為一抹朝霞，

含在曙光乍醒之前的那一雙眼睛，

放開所有的鳥之歡笑，

放開在歌唱的心中歌唱。

我聽見什麼來著？

死亡休眠了鬆落之生生不息。

新娘子

227

我，站在月亮跟前歌唱的男孩。

我，站在月亮面前漫舞的男孩。

這一路上，自然把它交給了我。

這男孩，對陽光的存在而好奇的存在。

誰的腳已走在途徑當中？

藍色的地方

每一個人的夢裡
都有一個個
藍色的地方

藍藍的海的顏色
都在向妳訴說
一個一個
美麗的歡笑

妳笑開的眼眸底
有這樣的藍
日後妳的魚尾紋
就是海的顏色
藍藍的夢想

新娘子

孩子的眼睛

小朋友的眼裡

看見唯一的星光亮閃

我稱她如是

希望

我稱她如是

夢想

該睡了

陽光說話嗎

怎地

斑駁滿地

哪一片是我

落葉是我的朋友

靜寂是蒼穹的夜晚

閱讀

儲存的現象中
還原生命的意向？

現象中的生命意義
開始閱讀的人
人教育思想的動物

新娘子

那是夏天的故事

是錦簇花朵聲響了這行列？

是陽光的變化照著這情趣？

鳳凰花在初夏暖了起來

夏天原來只是一場遊戲

這夏季好意的微笑正下著

禮物般的雨

夏天的陽光綠得出奇

蟬聲，菩提樹四處亂想

正聽著的時候

夏天的川堂的風

綠色走動得玄妙

空間漸層漸層的綠

搖滾，蟬的聲音

再次對準陽光這樣的事

什麼想像都沒有了

說了好幾遍

日子就這樣托付得隱藏

世間所有的人

這樣熟悉的來去

知道這裡的情形

結果什麼也得不到

像一場雨，絲絲的在大地身上漣

像霞彩自然躲進光芒裡邊去

便什麼都看不見

你就去聽聽看吧

這已經是從前的事情了

圖書館的推窗把陽光推得透明

雨說著就笑了，神約略能懂？

現在過著的，讓夏天慢慢地談吧

凡是一個季節在散了之後

說著話的時候

新娘子

坐在近旁的悠閒在哪兒話別

有什麼聽覺和微雨之類的染色

拿著來往的平日打扮

秋天的腳步，原野的名字

海浪的邊緣，浪花的名字

昔日的名字那麼地走著

名字也在隱去

雨候

窗外有一個聲音在叫我
哪兒是我該去的地方

天空的雲彩裡有個名字
是我常喚起的新娘

眼神看著的天空
天空繞舞得旋轉的白鴿
是伊人的命名在我心底的候
等，如果久了
雨的聲音也是這名字
下塌窗櫺的滴答響

我想什麼都不要了
只喚她一個名字
讓我一個人
靜靜地看

（箏兒生日快樂）
2004.7.8.

新娘子

235

新娘子

思想的動物

儲存的現象中

還原生命的意向

或者生命的意義

閱讀的人開始

這種教育思想的動物

自己的果實

人在信奉自己的觀念
神在信仰自己的軌道
人夾在人與神之間摘下
意義的果實

因為太害怕死亡了
所以把死亡當成掉落的
種子，讓後來跟上的人先看見
種子，死亡就變成容易
讓努力追求生活的人
願意接受老去

新娘子

哀歌？恩典？

哀歌，帶著我進入更深刻的
寂靜森林，隱藏的小草在哪兒依靠
自我的一朵小花

陽光需要躲躲藏藏才能發現
稀疏葉縫下的嫩芽
每一片新葉子
都是神的恩典

我也曾經把自己的心門打開
爾後呢？
在門扉與窗外的哪兒
人放下一雙腳印佇足的望

爾後呢？
我沒有再看見陽光的笑容
我像個旅人的日記
沒有紙筆，沒有
用全部的心靈唱出眼淚

如果可以變成雨水

我將在任何一個地方旅行

旅行我心裡的話

我心裡的話：

不再為任何故事詩人佚事

不再為任何故事彈奏曲子

聽不見任何不滿足的歌聲

失去能有的、該有的、想有的

我發現內容人生捉迷藏似的不見了

歌聲，帶我走入更深刻的人間

印染的小小植物在哪兒？

有泥土、有林蔭、有微弱的光芒，

有藍天、有窗櫺、有雲朵在窗上，

爾後呢？

這些是一朵朵小花

新娘子

239

讓我們在悲劇中誕生

神的恩典：葉子

綠綠的，神的唱詩班。

我是小太陽

我是大地上的一朵
小太陽。

我是小太陽旅行著
主動學習的花朵。
我是小太陽的旅人日記，
日記每一天與友伴合作關懷的日記。

我是從東方來的：
當微陽在窗外漫移，
當鳥兒的歌聲從林間傳來，
當大地輕悄悄地來到
這裡，張開的眼是大家的希望，
把我的腳步帶出家門。

我是個可愛的孩子，
我是個快樂的孩子，

新娘子

我的歌聲在眼裡溜轉

這裡的陽光下有許多新鮮事。

當雲霞漸漸

讚賞我紅著的臉，

我們就要說再見：

「明天見！明天見！」

我們期盼今夜：

大家的心都連在一起。

都會見到夜空中的星光亮閃，

都會見到月亮中的慈輝溫和，

陪伴我們討論今天：我的樣子。

明天我們又會在一起生活。

棉被舒坦地休息了，

穿著合宜地快樂了，

人和人碰面的時刻都是一種笑容，

環境裡過日子的動植物們，

總有心裡的話要說：

「感謝我們一起有朋友！」

我們在這裡：

我們是想像，

我們是夢想，

我們是希望。

大家都是這裡的一份子，

一起伸出陽光的手，

探索此時此刻的陽光。

新娘子

管不了喜歡或不喜歡

管不了喜歡或不喜歡

全在雨中情節了水的線條

管不了愛或不愛

全在簷前滴答了音的節奏

諒解了亮晶晶的天空拎著雲朵再藍

掙脫了浮沉沉的海洋夢著浪花再白

想帶你去的地方

想帶你去的地方
會是一次驚喜
像回暖的綠。

想一想：
我不先打那兒去
想把每一次眼神的燦爛
儘往妳的懷裡漾
就說討你歡心吧！

想把一次一次神采中的陽光
儘往妳眼海裡泛
就說討你個自由飛翔吧！

日子帶著你已成為我一起
生命時間的一份禮物

新娘子

新娘子

我愛自己嗎？

　　他說的話富有彈性，像草莖一般可以漫移在整個庭院耍。

　　他說的話富有密度，像風一般可以填滿在整個空間游。

黃昏的雲霞剛剛打從西海岸經過，海風的語言剛剛說給退潮後留下的水紋，一波波的語弄，看不出長久的等待有什麼秩序可言。這裡流動的是海風的故事來臨的結合，各就其位的自然位置，配合著這霞彩在時間上的彩繪。這份從眼前浮動生氣的線條，把廣垠的沒有圍籬的視界再度為我，親切地敞開了。

　　心田是明亮的光彩，歡愉是我的快樂，快樂來自思緒停格下來的人生時刻，只有看，看我可以看得多遠，從這廣漠的內海去嘗試，嘗試孕育霞天滿是詩情的這腳下。

我愛自己嗎？

　　依稀是這樣的傾聽黃昏的沙灘，習慣了。我沒有走下沙灘脫解跟隨我的心境。

　　真正的真實在燈塔爍閃的形式主義裡。每每間隔五秒鐘就來一次亮起的生與拈息的滅，或許我只是需要一處僻靜的山林，聽風在林中穿過的聲音，嚕嚕落葉下來的話，走走歌聲的腳步，看看遠方地平線之下是否也有浪花的願望。

兩個男人睡在一起的姿勢

　　兩個男人睡在一起，可以做的事有很多。兩條棉被睡入一起，可以做的夢有很多。我們各自談自己心愛的女人。這一份演繹而來的纖莖般的平靜，像潮水的形式一樣完整。說過話的地方有個寬厚友善的地方歇腳，這個空間也聽得出來生命巡禮的聲音。

　　我們生長的地方像個破曉，我們在這充滿的開始之中，閒晃朝霞的餘情，彩霞片片的詩葉都曾經伸出手來，擁抱這一條道路。我們生長著的親切感再度說話，說話的氣息染成許許多多的空曠。

　　舒坦的海，有燕鳥在這空間揮灑舞姿。舒坦的天空，有呢喃的黃昏在周圍喞啾。別，是一番優美的回憶。緩緩地走出生我的母親的懷抱，任何變化著的都是她們相愛的一部分。

　　我們需要了解自己嗎？對於這需要尋求命名才會安靜下來的世界，讓人不得不不願相信需要誘導熱情的響亮方式，像夏蟬在夏天的林中配合著藍天才有的天空。妳看！幾隻雞在庭園咖啡找尋的和我們一樣，啄食和日子一樣延綿的平凡，夾著雙翅低頭啄食牠的那一種姿勢和影子。

新
娘
子

飛

　　天空最能形容的奔騰如是簡樸的白色線條。

　　飛，呼吸著的眼睛充滿著屬於我的居所，一個簡單的彎曲與曲俓交流的綠色居所。

　　你認識我嗎？我曾是你形象安靜在那兒守候，妳烏托邦似的所有空氣滑向我，像一個正存在呼吸的夢。

　　我的孩子帶著語詞眼睛的信差，我因而醉入她的喚海裡，把所有的跟隨印信蓋上。這探索世界的夢想。

現在可不可以說是夏天？

現在可不可以說是夏天？
長年推敲的夏天就在眼前
歲月把孩子們的傑作素描
歲月從捧起的溪水聲裡流

有一天，這默

如果我能聽得見你呼吸的聲音

你就不在酒場裡歡笑

如果我能聽得見你呼吸的聲音

你的歡笑是真？是假？

徒讓日子去想，我們不憂煩這一些。

因為你的人生沒有多少個暖

所以你能真懂得冷暖人生

如果你能真懂我，我常走在前方，

別說我勇敢，只因為走在前方才是個榜樣，

如今我脫下這榜樣與你相約，

會合的日子倒也鬆輕了。

這是我在童年

母親摺疊曬暖陽光香味的衣堆前

掉下淚涼般的珍珠才懂得的故事

這懂得卻已入了中年骨子才點頭沉默

…………這默得靜寂……………

有一天，我們見面時也像這默，

這友情的至親，

這知心底埋首的親。

陽光之憶

素淨的陽光從白紗窗外
斜來一地回憶如是樸雅

生命的活

有那麼一天的睡眠

有那麼一天

是上天安排下的那麼一天

你不在了

我還是有夢

我還是能走

我把我許向大地

那河，那山巒的遠方，

那星星，那月光，

那白晝，那夜晚。

如果你睡得好

那就是一個好夢的實現

那就是一首清爽的詩情

我收拾這美好的帳

向夢想遠去

新娘子

我還能走

我把你許向大地

給了自由

與你與我自然的腳程

走著

走著，走著！
回憶便走出來了！

這美麗的重量

如果說沒有了回憶

如果說沒有了回憶，
別了幾番周遭人影
別了為難總在邊境上繞
像條河，流向大海
像條船，眼神向望岸
拋錨

眼睛的方向

如果說有個回憶
那倒是這單輪車的輪
像雙人的雙腳往前的轉

如果說有個回憶
那倒是這堤岸上的卑南溪
像陽光在河面上的全部記憶
清晨，這件事沒有再改變過
黃昏，這件事沒有再改變過
我的眼睛的方向，還有家鄉的泥

如果說有個回憶
回憶難不成就是泥
每一片憶回都是鄉泥的夢想
未來有夢，休息在花園中的
未來有夢，一抹抹回憶
一抹抹回憶的妳已是方向

回家

今夜不是我說話的日子
這是八月夏天的文明

我想看你的名字在我的心上迴
我想看你的束髮在我的眸光泛
我不怕你離開我，只怕你說不愛我
我不怕你不見我，只怕你心中的影子
不再對我說：「別哭！別哭！」
不再對我說：「在我懷裡好好哭個夠！」

我不怕蕾蕾的環扣出心音
這是春、夏、秋、冬之間的一天
我記得那片海，那片綠，
那抹眼神在笑

我記得那河，那流水，
那單獨與你單獨的像夜曲，

今夜不是我說話的日子
這依稀在你身旁的像個回家。

新娘子

257

數一數這彷彿

夜，我剛從你眼前飄過。

朋友，從這裡散步出去的種種虛榮。

夜，虛榮的露。草兒偷偷在生長。

夜色，我剛從你們中間藏著平靜，

像一隻小貓幸福地繞過幸福，

夜晚的懷抱像含羞草的快樂一樣含羞。

如果，活得不完全，我也不會用一夜來攀登啟示。

如果，活得不完全，我也不會用一夜來私語取暖。

如果，從這口記憶之窗的功能是望見湖畔的綠色聲音，

與我來過，夜色啊！

睡眠無法瀰漫這夜露的奉獻裡，

我夢想的姿態也流入這片簡殘篇，月色活著的樣子。

我誰都不認識，只記起你在寧靜中滑開像翡冷翠一般的神秘，

數一數這彷彿，只能在星光的邊緣看。

數一數這彷彿，只能在月光的邊緣捕捉你的自由。

小草的心裡讓我蔓延了，這依戀的綠。

新
娘
子

你說送我一雙鞋

你說送我一雙鞋，

我把詩的文字別在這線縫裡繞。

你說送我一雙鞋，

我說那像楓葉的顏色，

從夏天開始，

相思就在這葉齒上迴轉。

我等時間親自吻了這

一掠山中講演的來源處。

你說送我一雙鞋，

尋味不整齊的愛情。

你說送我一雙鞋，

就給這情愛裝飾一個形容詞吧！

星星、月光、人兒

那一年的夏天，帶你兜兜夏季的夜風。
浮動在夜風中的髮絲干擾了你的手，
你並不為意這頑皮，因為
月光在我們前方夢想，
像我們面對星光的思想一樣。

石階活像一把椅，讓我倆靠著生活的重量。
你坐在我前方，像把生活一般清涼說在我眼前漫，
我輕抱你，希望月亮、星星能聽完你所有的話。

這裡的夏夜有一幅畫，結果我們都很有限。

永久的話題是小孩兒親手種下的那一朵花的命運。
山百合在夜間的單純，靜靜地打開心房，
讓星光、月光伺候著我們看著的這番野游。

你急著要走，因為時間是我們撿拾併湊的圖案。
星星為何依稀亮閃，月亮因何上弦、下弦，
讓星光、月光祂們自己想想吧！

新娘子

浪游夏夜

睡不著的夜色在湖裡，

這夜下的靜、的悠。

星光、草場，

我從夏天的夜晚過來，

深深的夜好靜，

靜得只剩下我和一隻浪遊夜色的貓。

許多回憶在這草場上歇躺月色，

明明知道是個綠色的漫，

這遠處的星光也只能是個黑，

只能用觸覺掀動它的氣息，

才知道人的眼睛這麼有限得渺微。

夏蛙為何對起月光鳴唱夏天的事？

難道月光翻動牠們習慣性的回憶嗎？

否則怎在這夏夜對孤單有感？

父親節

白浪一直存在著話頭、話尾，
在那海的聲音裡頭，
我看見幸福二個字。

人群、草坪延伸的視野
海風、黃昏，
風箏在天上飛和它的那一條絲線，
雲彩像油彩抹的，
海平線的後頭起了一個島嶼，
那叫喚的綠島，有霞彩滿天的幻變。

我，單車輪轉的和海浪一樣，
我沉默下來，聽聲音在風中的
影子會是如何？
這一條路給了我很多故事，
這一條河的聲音給了我很多回憶，
黃昏在河裡流。
不久，亮起的燈就是夜的低語了。

新娘子

新娘子

我的單車在卑南溪的堤岸上，
獨享夏季黃昏的微風意義，
鼠尾草吐白的穗花，像群舞夏季的落腳處，
山巒、長橋、夜燈、流水，朦朧的
不再有淚，圖個自由。

淚，要流在父親的懷裡溫暖。

涓絲谷的故事

通過這道門，我就在你的眼前。
人生有那個人不對自己提問的？
如果這是一個故事，那走完它。

夏蟬問天

多少話，盡往肚子裡吞，鬧從前
否則，夏蟬怎一個單音，向藍天。

我想，你已經找到我了

我想，你已經找到我了，陽光。
我睜開雙眼迎接你的淘氣。

我想，你已經找到我了，河流。
我躺依你的身旁，靜聽你的經過。

我想，你已經找到我了，月光。
我臥睡在你田野的露珠，想念你的遲到。

我想，你已經找到我了，回憶。
我伸手掏出你的盒子，分享你飛翔的如顆星光。

櫻花

這櫻花捧在我手上的紅，
像這思念的淚，涼了朵朵
這止水，還將大地掌紋。

鳥鳴的晨清，綠了。
這樹梢，還記得，
上一年的櫻紅
我初步人生的山的記憶
和水般的夜鶯歌唱
和紅磚牆年代的褪紅。

一把青菜

有的人怕死，

有的人怕活，

有的人不怕死，

有的人不怕活。

那推著三輪車趕向市集的早晨。

早晨對這老婦人來說的

菜青堆裡，任人挑選一種生活。

女兒！吾愛，我將不知道

我能留下來的遺產是什麼？
女兒！我將不知道。

靜靜地，帶妳們繞過鄉村小道，
輕快地，帶妳們走過小河流，
說話地，帶妳們看向湖對岸的綠洲。

默默地，看妳們爭吵直到妳倆離去的影子，
因為我能留下來的時間，
就從喋喋不休的空間進入小丑。
妳們臉上陽光表現的笑容，
將是贈予小丑的最美的禮物。

女兒！
我能留下來的給妳的印象是什麼？
我走在路上的姿勢？
我看向妳自由決定的點頭微笑含飽著淚珠？
我用愛看向妳，
把整顆心搓揉在妳掌心畫出掌紋？

新娘子

269

我用愛看向妳，

把整顆心思看向妳唇邊抽動的笑容？

女兒！吾愛，我將不知道，

我還能送給妳什麼？

女兒！吾愛，我將不知道，

或許只能送給妳們：用時間來思念。

老師是拿來做什麼用的？

老師是拿來做什麼用的？
疑惑的眼神在我童年生活。

老師是拿來做什麼用的？
這是他的問題。

你看！下課了粉筆還不放下？
這人真奇怪。
你看！下班了還不知關燈省電？
這人真是的奇怪。

你看！又來了，又來了！
又要我們陪他玩了。
你聽！講台上的聲音
讓人生功課整理在條列式的黑板上

說話，像鳥兒正在編織一個巢、一個夢。
這人長得真奇怪。

新
娘
子

271

你做什麼，他都陪在身旁說：

「有你真好！」

這人常常忘記自己，你說奇怪不奇怪？

你感覺到了嗎？

讓花朵打開花瓣的雙手，

像不像個回暖的綠意，掛在樹梢盪漾。

你想在心裡嗎？

讓微風吹過我門心田的眼睛，

像不像個星光的爍閃，在天空夜晚。

神采在彼此的眼海裡，交流著每一天：

陪我玩著湯姆險記，陪我玩著心理劇。

你聞聞看嘛！

你嗅嗅咩！

為什麼老師這麼有味道？

這裡頭到底私藏著什麼成份？

我來操作他實驗他：

控制他，在我可以掌握的情境範圍。

操作他，在我的實驗過程。

我來給他下個操作型定義：

我把苦惱脾氣加在他身上，變成擔心。

我把快樂學習加在他身上，變成喜樂。

我把不交作業加在他身上，變成生氣。

我把愛自己愛別人加在他身上，變成放心。

我把這些變因從他身上統統放下後，

他卻變成空氣般的思念。

老師還可以拿來做什麼用的？

用時間來轉著想？

老師是拿來做什麼用的？

新
娘
子

收藏我童年的回憶？

或是讓人百般思念萬般想像的夢想？

老師是拿來做什麼用的？

不想了！不想了！

這是月亮和星星該思考的問題。

老師是拿來做什麼用的？

不想了！不想了！

這是月亮和星星該思考夜空的問題。

這小草微微的撼動

我能翻譯這眼前微風的雙腳？

我能翻譯這瞳孔映影的小草之名？

自由無依的，正是我所能了解的意識，

這象徵霧的越跑越遠，越跑越遠……

冬之初露，微風落在湖面上的線條。

線條與線條，文筆與拆信刀，記憶與封印，小說
與序文。

這寧靜天空裡的能言鳥是睡夢深處的微風。

純淨的金黃沙丘，海的微風微微的一支筆

回想起開始的故事，彩霞滿天包括沙的思維

闡明西海岸的黃昏顏色。比起這真實線條的札記
般旅途，

今天發表的意義是什麼？我喚不上來一株小草
的名字，

如果我沒有記錯的話，這季節該是秋末的美麗
題目：

新娘子

小草連結著小草的無聲淡泊，

顏色連結著顏色，花絮連結著花絮飛起，

這陽光的天有一隻黃粉蝶飛動，這根源

我看不見草花在土地記憶著的雪白節奏，

我記憶裡有它們的形象，這永恆中的一份子。

我默然的……叫不出這靜謐的名字。

我想：先生，我們可以一起唱首歌

夏天，夏天，這一段美好的夏天，

這一段美好的幾分鐘。我走向窗邊，

放低聲音說：「我們還見面嗎？」

讓我們同在一起的鏡頭有個收藏櫃，

藏在那裡頭的國語、數學，社會、自然，

藝術與人文、健康與體育，鄉土語言、

英文與眾多笑容併貼的生活 NG 畫面。

啊！這上課、下課，這上學、放學，這此在的生活 NG，

我們記得老師和學生，我們年少一樣，看我：年少如你。

都是小孩子，都是小孩子！

看我笑得這麼開心，看我的淚中有你，

播放的生活 NG 畫面，我學會不再喊：「卡！」

新娘子

我習慣笑得這麼開心，NG 是自然的，

再來上演一次開心，看你笑得這麼開心。

夏天之後的幾分鐘，

我又會想著：這一段美好的夏天。

我將你放在心中，也在這一天將你放在世界的中

心，

我把這樣花開、花落的季節放入想念。

畢業：我們開始被歡迎來到

這個人生辭源，尋找「永遠」這般字詞……

畢業，我想：先生，我們可以一起唱首歌。

滄江滇紅夢雪芽

（1）茶山情懷

層層清虛話千雪
濤浪聲聲醇心性
舞彩疊疊綠閒情
片片茶海見世界

（2）來時路轉

茶馬古道駝樟香
山間迴廊風雅頌
時移事往此一見
發酵時間茶看茶

（3）陳放時間

滇綠從此養蘇活
一言難盡本亮潔
印紅自家陳韻香
一葉扁舟駕軟柔

新娘子

（4）茶經逗趣

上善若水水若天
一壺活泉心跡潔
心清見天天如意
茶品相通語清麗

（5）怡然自得

自証光明自磊落
自知自遇自真心
寒山相逢密意滑
拾得綿稠甘甜回

（6）常樂荷田

知足常樂眠秀容
銘感心中心紅荷
荷白脫解淡淡來
來去分明樂說無

（7）典藏蘭醉

收藏一餅回憶錄

夢想詩茗細細蘭

放開初旅你的心

醉舞淨空賦比興

（8）花開見佛

天清地朗一杯水

佛陀影靜曼荼羅

一縷嫣嵐白雲繞

隨喜隨歡見當然

註：好的普洱茶具備了甘、甜、滑、醇、厚、柔、順、活、亮、潔、稠等

　　十一字訣。

新
娘
子

許願魚

　　這裡的下課十分鐘，有一個小女孩常到池邊的綠橋上。

　　她喜歡帶著一群同學在這兒往池裡看，池鏡裡的倒影可以看清楚她低年級天真的面孔，聽到她低年級的天真童話。

　　她說：「他還沒有游過來！要慢慢的等待，他才會游過來！」池裡有許多顏色的魚，許多顏色的魚慢慢的擺動尾鰭，扭動的顏色讓池裡增添了許多樂趣，顏色和顏色彼此穿梭時間的技藝，如果說游動是一種藝術，那空間更是一面鏡子般的藝術，實像、虛像、池裡有幾棵大樹生長著，池裡有一棟教學大樓，雲朵、天空的深度和人清晰的影子。

　　一位高年級老師也常在這兒看影子、看風的水紋。他知道早晨的光線讓魚兒的胸鰭前後微微捲動，這是一種靜止的平衡與享受陽光的最好方式。

　　小女孩天真的問老師：「你在這裡看什麼？」

「那妳在這裡看什麼？」老師也天真的問她。

小女孩呵呵的笑說：「我來看許願魚。」

老師在池裡尋了一會兒說：「我在看妳許的願望。」

從此，這池裡、池外多了許多孩子的願望。

願望成了顏色。

這樣的話

你曾用身體寫完年月的日記？

你曾用手掌拂遇一壺水的紀念？

你曾小說日子刻畫腳印的春天？

你曾散文飄逸時間意象？

是那山間的野百合，淡紫的線緣？

你曾躺下來詩閉上的眼睛？

你曾躺下來詩蛙鳴韻律夜空？

閉上的眼睛？你曾說如果可以……

閉上的眼睛？

你曾說如果可以是泥上的紅葉書籤，

閉上的眼睛？

你曾說如果可以是落花蝶舞的名字呀！

閉上的眼睛？

你曾說如果可以是油桐散放的雪祭情節，

新娘子

你曾說迎向季節的一個句子會是什麼？

朝霞垂睫裡閃動的山晨？

純粹是一個稚真的低眉含苞？

霧嵐寫就的一個名字？

記得那個動作就是，忘不了

記得那個動作就是，忘不了……

用你的聲音釀成的花瓣春天

有一種說法，思念季節會成為一湖心靈的酒。

開始是用年歲的經典回味一醇未醉的酒，

開始是用詩篇的草稿陳放心底未醒的醇，

開始就是時間……

而時間就是它的開始……

相逢得早，那是朝霞。

相遇得晚，那是斜陽。

我知道你在想我，你知道我在想你嗎？

黃金色的沙灘與金黃色的海平面。

那曲沙丘，那曲藍海，那曲月亮的臉。

些許，我們都已失去了身體的來世，

些許，我的故事就記得將你欲言又止的眼尾

迷漾成文字攝影的魚尾紋。你在哪裡？

新娘子

新娘子

像一條魚，游動。我知道你在想我，
睡著了嗎？你知道我在想你的顏色嗎？

楓葉等待晨露一滴，思念成酒。
用你的聲音釀成晨露。

286

節奏的名字

在很久以前，世界是慢慢站起來的，
在很久以前，世界是忽然靜止的。

一隻鴿子簷前的藍空巧遇教室裡孩子的眼神，
叭達叭達而過的翅膀，沒有聽到聲音。
一隻蝴蝶的飛，在走之前該說些話的五月下旬，
樹上的初夏是蟬鳴的天空，唧唧繁衍。
雲的嵐帶是斑斕的心靈顯露出來的靄白，
山的綾線是呼吸著神話拉開靛青的序曲。

分不清楚風吹的方向是那個季節，
分不清楚山林的故事是那個密深。

我該有一個名字啊！
像燕子配合風的節奏。
我該有一個歷史啊！
像春末燕子乘風滑翔的靜語。
我該有一個季節啊！
像詩意詩境的水的肌膚。

新娘子

水，用它藍色的句子交錯

誦讀忽然停止水面上漂浮的軀體，

像木琴空管裡跑出來耍玩的樂趣，更更迭迭。

水，用它光的顏色字詞交會

持誦忽然停格水面的咕嚕之言，

水，閱讀時刻的形貌：

在很久以前，世界是忽然靜止的。

水，讓所有的問號都看見，我們是自由的。

為什麼是一個很美的詞

清晨是一個很美的詞。

白紙想像的，因為我可以在這個角落隨筆。

春末醒藍著五月晨曦，

五月鳴囀著烏頭翁歡唱晨顏。

夏之初是一個很美的詞。

以一種單色的 INK 始終都在那裡，

像蟬的腹膜對準太陽初夏的那樣。

晨起的雀鳥難道都已經知道為什麼而美？

野薑花含蓄欲吐的花苞飽滿這個時候。

這個時候，迎向懂他的脂白放開一朵心尖事，

花瓣為什麼美若蝶蝶舞舞的樺斑蝶……

為什麼是一個很美的詞。

蝴蝶為什麼會，飛……

春末也有稻熟的金色的浪，

五月下旬也有毛毛蟲出席語彙馬莉荊的花園，

新娘子

289

新娘子

垂掛一顆顆色彩生活跡象般的追尋，

綠綠翠翠的蛹之生，

像一種嫁的面容。

像嫁的線條，日期存在藝術的時間。

對稱讓人遐思對稱之外的另一種情節，

圖騰的臉譜行動，像一個劇。

為什麼是一個很美的詞。

為什麼美麗的錦囊是一個迷，

為什麼打開一個迷是個美麗的相會，

像為什麼打開一個天地之間的夜黑，

宇宙是藍藍的默契，蒼穹是靜靜的聲音。

你問我為什麼喜歡白色，

就如同我會問你同樣：

為什麼天空是藍藍的。

為什麼是一個很美的詞。

心嫁娘

聽說要出嫁：活潑的心影像蟬，
上了枝頭的戲偶夏季。

聽說要出嫁：蟬在泥中按部就般地想像六、七年，
為著出嫁聲音，這一天喊出來的唧唧驚道。

把一顆綠色的心嫁了，
粉粉紅紅的小花春天，這是幸運草的幸福。
把一首筆隨自然的敘述詩嫁了，
美麗的、抒情的孕婦裝是娘親的心嫁娘。
把丁丁點點的露珠嫁了，
紗紗狀濛的清晨是，一臉了解的說不出話來。
把一條依戀通常的步道嫁了，
散步幾步之外的草原，彷彿出嫁的內心深處。

每當奇妙的內心平和下來的寂靜時光，
這心靈的淨瓶，有歌聲流進來，吐露秘密。
為了以平緩的羞澀，輕輕地，嚐那一口朝露，
蟬，終於……心嫁。

新娘子

魚的眼淚是水，魚的家是水，魚的翅膀是游，
水的流動是藍天的筆觸。
聽得見的清麗，像滿月的月光和家鄉的一樣：
嫁，給了，記憶同樣的話，
一個早已臉頰微紅的心聲。

把菩薩一罈骨灰的願望嫁了眾生，
桃花嫁的心情是一首，舞。
一個小女生嫁的心情，像春天把什麼東西給了你，
嫁出一份心意。像果實把什麼東西給了自己：
這嫁，這給，這嫁給一份心情。
這嫁，這給，這嫁給一份看著櫥窗白紗的敘說。

改天到你家坐坐，春天

玫瑰花粉紅的花瓣慈祥，

沒有鋸齒狀的花瓣捱靠花瓣，

既貼近又分離，既分明又是相處地，

從同一處中心開向光明的唯一真實。

小草綠的腳程在智慧，

沒有分辨形象者的面貌與心思，

既伸展又抓牢，既錯落又是交織，

從同一處根源的深處的深深之夢。

晨早的微風裡春天三月，這早來的有點兒冷。

樂隊領導的升旗國歌可以重奏，

跟隨指揮老師的手勢節奏我們可以一起，

一樣藏隱的心靈節拍。九重葛花的白色眼睛從樹上

垂落下來，

晨風的三月一下子把視覺拉得更潔白。

小蚯蚓從春天的泥地角落灰色珍珠的墳。

新娘子

沙刺激的眼淚，一粒蛋白質乳化的珠子，美妙是真實的。

剛開始的三月有點冷，池畔的蟾蜍相互揹著春天。
這閃耀內斂的眼神叫起其它季節所沒有的嗓音，
池裡一長條音符拉長的黑色種子是希望與愛的天氣，裹著透明的母親的汁液。
只有陽光明透的看不見的溫度在那身上的才能叫醒祂們，叫醒祂們……
一群可愛的天真的黑色小蝌蚪，黑色的游動，游動的黑色。

改天到你家坐坐，春天。

國家圖書館出版品預行編目

新娘子 / 白佛言著. -- 一版. -- 臺北市：
秀威資訊科技, 2007[民96]
　　面；公分. --（語言文學類；PG0123東大詩叢2）

ISBN 978-986-6909-50-4（平裝）

851.486　　　　　　　　　　96005734

語言文學類　PG0123

東大詩叢2：新娘子

作　　　者 / 白佛言
發 行 人 / 宋政坤
執 行 編 輯 / 詹靚秋
圖 文 排 版 / 郭雅雯
封 面 設 計 / 林世峰
數 位 轉 譯 / 徐真玉　沈裕閔
圖 書 銷 售 / 林怡君
網 路 服 務 / 徐國晉
法 律 顧 問 / 毛國樑律師
出 版 印 製 / 秀威資訊科技股份有限公司
　　　　　　台北市內湖區瑞光路583巷25號1樓
　　　　　　電話：02-2657-9211　　　傳真：02-2657-9106
　　　　　　E-mail：service@showwe.com.tw
經 　銷 　商 / 紅螞蟻圖書有限公司
　　　　　　台北市內湖區舊宗路二段121巷28、32號4樓
　　　　　　電話：02-2795-3656　　　傳真：02-2795-4100
　　　　　　http://www.e-redant.com

2007 年 4 月　BOD 一版
定價：350 元

讀 者 回 函 卡

感謝您購買本書，為提升服務品質，煩請填寫以下問卷，收到您的寶貴意見後，我們會仔細收藏記錄並回贈紀念品，謝謝！

1. 您購買的書名：＿＿＿＿＿＿＿＿＿＿＿＿＿＿＿＿

2. 您從何得知本書的消息？

　　□網路書店　□部落格　□資料庫搜尋　□書訊　□電子報　□書店

　　□平面媒體　□ 朋友推薦　□網站推薦　□其他＿＿＿＿＿＿

3. 您對本書的評價：(請填代號　1.非常滿意 2.滿意 3.尚可 4.再改進)

　　封面設計＿＿＿　版面編排＿＿＿　內容＿＿＿　文/譯筆＿＿＿　價格＿＿＿

4. 讀完書後您覺得：

　　□很有收穫　□有收穫　□收穫不多　□沒收穫

5. 您會推薦本書給朋友嗎？

　　□會　□不會，為什麼？＿＿＿＿＿＿＿＿＿＿＿＿＿＿＿＿＿

6. 其他寶貴的意見：＿＿＿＿＿＿＿＿＿＿＿＿＿＿＿＿＿＿

＿＿＿＿＿＿＿＿＿＿＿＿＿＿＿＿＿＿＿＿＿＿＿＿＿＿＿＿

＿＿＿＿＿＿＿＿＿＿＿＿＿＿＿＿＿＿＿＿＿＿＿＿＿＿＿＿

＿＿＿＿＿＿＿＿＿＿＿＿＿＿＿＿＿＿＿＿＿＿＿＿＿＿＿＿

讀者基本資料

姓名：＿＿＿＿＿＿＿＿＿＿　年齡：＿＿＿＿　性別：□女 □男

聯絡電話：＿＿＿＿＿＿＿＿＿　E-mail：＿＿＿＿＿＿＿＿＿

地址：＿＿＿＿＿＿＿＿＿＿＿＿＿＿＿＿＿＿＿＿＿＿＿

學歷：□高中(含)以下　　□高中　□專科學校　□大學

　　　□研究所(含)以上 □其他＿＿＿＿＿＿＿

職業：□製造業 □金融業 □資訊業 □軍警 □傳播業 □自由業

　　　□服務業 □公務員 □教職　□學生 □其他＿＿＿＿＿

To：114

台北市內湖區瑞光路 583 巷 25 號 1 樓

秀威資訊科技股份有限公司　　　收

寄件人姓名：

寄件人地址：□□□

(請沿線對摺寄回,謝謝!)

秀威與 BOD

BOD（Books On Demand）是數位出版的大趨勢,秀威資訊率先運用 POD 數位印刷設備來生產書籍,並提供作者全程數位出版服務,致使書籍產銷零庫存,知識傳承不絕版,目前已開闢以下書系:

一、BOD 學術著作—專業論述的閱讀延伸
二、BOD 個人著作—分享生命的心路歷程
三、BOD 旅遊著作—個人深度旅遊文學創作
四、BOD 大陸學者—大陸專業學者學術出版
五、POD 獨家經銷—數位產製的代發行書籍

BOD 秀威網路書店：www.showwe.com.tw
政府出版品網路書店：www.govbooks.com.tw

永不絕版的故事・自己寫・永不休止的音符・自己唱